くまったさん

家族のオキテ。

CROSS NOVELS

松幸かほ
NOVEL:Kaho Matsuyuki

北沢きょう
ILLUST:Kyo Kitazawa

江島 郁
えじま かおる
学生時代は雑誌モデル、現在は
売れっ子ヘアメイクアーティスト
として活躍中。バツイチ。
永山 歩
ながやま あゆみ
新卒で就職後、事情があって退職。
現在、ちびーずの面倒を見ること
を仕事としている。
江島瑞樹
えじま みずき
六ヶ月。永山家に来るまでは、
情緒不安定だったが、今は健
やかに成長中。ハイハイ王。
Characters
Kaho Matsuyuki

長男

永山成輝（ながやま せいき）

三十四歳。有能な弁護士。彼に逆らうと「社会的に抹殺される」。

永山結佳（ながやま ゆいか）

ツンデレ美少女小学生。年齢以上に大人びており、女王様気質。

永山善哉（ながやま よしや）

幼稚園児。「魔の反抗期」を結佳によって強制終了された過去あり。

次男

永山恭仁（ながやま やすひと）

三十歳。商社勤務のバツイチ。彼に逆らうと「精神的に抹殺される」。

永山　章（ながやま しょう）

三歳。歩に懐き、常にコバンザメ状態。『モンスーン』が大好き。

三男

永山　歩（ながやま あゆみ）

四男

永山佑太（ながやま ゆうた）

高校一年生。サッカー部で、サッカーもできるが頭もかなりいい。熟女好き。

五男

永山健太（ながやま けんた）

中学二年生。サッカー部で、県内有数のストライカーとして有名。貧乳好き。

江島　郁（えじま かおる）——江島瑞樹（えじま みずき）

Illust 北沢きょう

CONTENTS

CROSS NOVELS

CONTENTS

CROSS NOVELS

家族のオキテ。

presented by Kaho Matsuyuki with Kyo Kitazawa

松幸かほ

Illust 北沢きょう

1

永山家の朝は慌ただしい。

どこの家も大抵は慌ただしいだろうと思うが、一人問題児がいるだけで正直忙しさが八割増しになる、と永山歩は思う。

「はよーっす」

「おはよう、佑太。健太は？」

朝食と弁当の準備をしながら、歩は対面カウンター越しのダイニングにふらりと姿を見せた高校一年生の弟の佑太に問う。

「起きてるなんて奇跡ちっくなこと、俺が言うとでも思ってる？」

言いながら佑太はキッチンに入ってきて、食パンをトースターにセットする。

「だよな。それ終わったら、健太のもセットしてやって」

歩は言いながら大小の並んだ弁当箱におかずを詰める。

彩りを考えて詰めたそれらを見直して、

「今日の弁当、こんなもんでいいか？」

大きいほうの弁当箱を佑太に見せる。

「おー、今日も旨(うま)そう」

「そっか、ならよかった。健太起こしてくるわ、俺」

歩はそう言ってキッチンを出ると二階へと階段を急ぐ。

二階には部屋が四つ並んでいて、突き当たりが歩の部屋。手前の二つが弟二人の部屋で、もう一つの部屋は今は基本的には空いている。

歩はそのうちの一番手前の部屋のドアをノックもせずに開けると、

「健太、さっさと起きろ、テメェ」

言いながらベッドに近づく。ベッドの中では布団と毛布にくるまって惰眠を貪(むさぼ)る末弟の健太の姿があった。

この健太こそが、歩の朝の忙しさを八割増しにしている張本人だ。

「健太、起きろっつってんだろうがよ。朝練またサボんのか？」

「……っせぇな…眠ぃんだよ……」

返ってきたのは反抗的な言葉だ。反抗的なのは態度だけではなく、気がつけば髪も茶色になっていて、ピアス穴なんぞも空けていた。

リアル中学二年生なので、外見的な変化はとんがってみたい時期なんだろうと己の中学二年当時と重ねて多少は大目に見ているが、朝のルーティンワークを乱すような行いを簡単に許すほど歩は甘くもなければ気が長くもなかった。

「ああ？　夜中まで起きてるテメェが悪ぃんだろうがよっ」

　言うなり、布団を引き剥ぎ、うつぶせの状態になっていた健太の背中を膝で押さえつけると片手を取って関節技をキメる。

「い――――っ！　イタっ！　ああっ、あ！　あ！」

　襲ってきた容赦ない痛みに健太が声を上げる。動けないのは、関節技がキマりすぎているからだ。

「起きろっつってんだよ、俺は」

「起きる！　つか、起きたから！　起きた！　マジで起きた！」

　覚醒しきった声に歩は手を放し、背中からも膝をどけてやる。

「毎朝毎朝、関節キメられなきゃ起きられねぇってマゾか、おまえは。さっさと下りてきて飯食え、クソが」

　容赦ない暴言を残し、歩はベッドから離れる。

　後ろでわざとらしく腕をさすりながら「ひでぇ……」と呟く健太の声が聞こえたが、完全に無視をしてキッチンへと戻る。そのすぐあとを健太はついてくる。

　ダイニングでは佑太が自分のパンを食べていた。

「健太、俺が起こした時に起きとけよ。そうすりゃ痛い思いせずにすむんだからよ」

「……るせぇよ」

　わざとらしくまだ腕をさすりながら健太は佑太の隣に腰を下ろす。

「まあ、あーちゃんの関節技でなきゃ目覚められないマゾっ子だからしょうがねぇよな」

「あぁ？　誰がマゾだよ！」

佑太の言葉に健太はケンカ腰で返す。しかし、

「朝のくそ忙しい時にこれ以上俺の手を煩わせる気か？　健太、テメェのパンはトースターの中で焼き上がって取り出されんのを待ってんぞ、さっさと取りに来いや」

歩が弁当箱の蓋を閉めながら言うと、大人しく立ち上がりトースターからパンを取り出す。

その健太の背は、歩よりはるかに高い。

歩は一六九センチと、一七〇センチを目前にして力尽きたのだが、健太は十四歳にして一七八センチだ。その兄の佑太は一八二センチとやはり長身である。

しかし、身長差では覆せないヒエラルキーというものが永山家には存在していた。

弟二人が食事をしている様子を見ながら、

――ホント、でかくなったよな。こいつら……。

と歩は感慨に耽る。

佑太が生まれた時、歩は十歳で、健太が生まれた時は十二歳だった。

だから二人が赤ちゃんだった頃をはっきりと知っている。というか、子守りをしていたのでおむつもよく換えてやった。

そんな二人が、今や自分をはるかにしのぐ長身なのは多少癇に障るが、体質なので仕方がない、

と思うことにしている。

――ていうか、俺が小せぇんだよな……。

ため息をつきそうになった時、

「おはようございます」

「はよーごじゃいます」

玄関から丁寧な少女の声と、舌のよく回らない幼児の声が聞こえ、歩は玄関へと迎えに出た。

そこにいたのは赤いランドセルを背負った紛う方なき美少女と、幼稚園カバンを斜めがけした非常に愛らしい子供。そしてその二人の後ろにはビシッとしたスーツ姿が似合う長身美形の男がいた。

「おはよう、結佳ちゃん、義哉くん」

歩が子供たちに挨拶をすると、

「歩、今日もよろしく頼む。今夜はクライアントとの打ち合わせが入っているので帰宅は十時近くになると思うから、義哉は寝かしつけておいてくれ」

スーツ姿の男が言う。

「そのまんま、うちに泊まりでいい？」

「そうしてもらえるとありがたい」

「了解」

「じゃあ、二人とも歩の言うことを聞いて、いい子にしているんだぞ」

男が二人にそう言うと、

「はい。いってらっしゃい、パパ」

「いてらしゃー」

結佳と義哉が送り出す。

それに男は薄く笑みを浮かべると、出ていく。

彼は歩の兄で、弁護士をしている成輝(せいき)、三十四歳だ。結婚して二人の子宝に恵まれたが、三年前に妻を交通事故で亡くした。

その頃、結佳は六歳で義哉はまだ一歳だった。

男手一つで二人の子供を見るのは難しいだろうと、妻方の両親が引き取って育てると申し出てくれたのだが、かなり遠方でそちらに引き取られると会えるのが年に何回か、ということになってしまう。そして、何より自身の実家が徒歩五分の位置にあるため、成輝は迷わず実家を頼り――現在に至っている。

結佳の登校は朝八時。

それまでまだ一時間近くあるのだが、成輝の出勤時間の合わせてこの時間にやってくる。

その一時間を、結佳は予習に充てて大人しくリビングのソファーで教科書の読み込みに余念がない。

その傍(かたわ)らには、ちょこんと義哉が座ってお気に入りの絵本を広げている。

義哉は二歳の反抗期の時に、通常の二歳児と同じく、何に対しても「イヤ」しか言わない魔のイヤイヤ期を引き起こし、食事も拒否する有様だったのだが、

『このほうしょくの時代、一食二食かけたところで死にはしないわ』

という名言を吐いた実の姉・結佳のツンに、すべての反抗期を無視され、玉砕した悲しい過去を持っている。

あまりのツンに歩はフォローに回っていたのだが、義哉の反抗期は二週間ほどで終了した……ような気がする。それくらい、ほとんど記憶がない。

とはいえ、結佳はただのツンではない。

「ゆーかちゃん、これはてんてんがついてるから『が』？」

絵本に記されている文字を指で示し、義哉は問いかける。それに結佳は教科書から視線を離すと、義哉の指先の文字を見てから頷(うなず)き、

「そう。それは『が』。点々は『だくおん』って言うのよ」

「だくおん」

「そう、いい子ね」

にっこり笑って義哉の頭を撫でるという、デレもちゃんと備えている。

――ツンデレ標準装備なんだよなぁ……。

そんなことを思いながら歩はとりあえず佑太と健太の部活のジャージなどを一揃えにしてスポーツバッグにまとめて玄関先へと運んでおく。

佑太と健太は二人ともサッカーをやっていて、才能というものに恵まれているらしく、そこそこ有名だ。

部活動を義務づけられるのが嫌でスポーツ推薦には頼らなかったが、佑太には高校進学時に複数の高校から誘いがあったたし、健太はジュニアユースにいたこともある。

なぜ過去形なのかと言えば、監督とそりが合わずやめてしまったからだ。

今は中学の部活動だけなのだが、それすらもサボりがちであるにもかかわらず、県内有数のストライカーとして名を馳(は)せているから、ある意味ではものすごくタチが悪い。

そんなふうに歩が弟二人の朝の支度に追われていると、

「ちーっす」

チャラい声とともにドアが開く音が聞こえ、歩は玄関から戻りかけていた踵(きびす)を返した。

やってきたのは、歩の二番目の兄の恭仁(やすひと)だ。腕に三歳になる息子の章(しょう)を抱いている。

クマ耳フードのついた服を着せられた章は、歩の姿を見るなり笑顔を見せた。

「あーちゃん！」

「章くん、おはよう」

「はよー」

手を伸ばしてくる章を受け取ると、

「今日も頼むわ。帰るのはそんな遅くなんねぇと思う。八時頃かな」

恭仁が告げる。

商社に勤めている恭仁はバツイチの三十歳だ。一昨年、妻の不倫がもとで離婚し、成輝が実家に子供を預けているのをいいことに「二人も三人も一緒だろ、頼むわ」と有無を言わせず預けてきた。

「分かった。遅くなるようなら電話して」

「了解。じゃあ、行ってくるわ。章、いい子にしてろよ」

恭仁はそう言って章の頭を撫でると出社していく。

それから間もなく、佑太が登校し、続いて健太。二人を見送ると、歩は結佳の髪をできる限り希望に添ってゴムで結んだり、編んだりしてやる。

それが終わると結佳が登校していき、歩は一息つく間もなく洗濯機をまず一度回す。

それから、義哉の幼稚園カバンに朝作っておいた小さいほうの弁当を詰めてやる。週に二度あるお弁当持ちの日なのだ。

そこまでやって、ようやく歩はコーヒーを飲む。飲み終わると義哉を、章と一緒に幼稚園バスの停留所まで送っていき、バスに乗せる。

他の園児の母親たちに挨拶だけをして再び章と一緒に家に帰ると、最初の洗濯が終わっているのでそれを洗濯機から出し、二度目の洗濯。そして最初の洗濯物を干す。

他にも掃除だのなんだのと家事をこなす間中、章はコバンザメのように歩にべったりだ。

それらにも慣れた様子で、主夫として永山家を切り盛りしている歩だが、最初からそうだったわけではない。

大学卒業後、歩は就職して家を出ていた。

だが、入社直後から直属の男性上司に目をつけられ、セクハラを受けた。

一六九センチと平均的な身長はあるものの、骨格が多少華奢（きゃしゃ）な部類に入り、母親譲りの美人系の顔立ちの歩は、学校時代から過剰なスキンシップを取られることが多く、最初の頃はその上司を、単に『スキンシップが多い人だな』と認識していた。

だが、それが度を越し、完全なセクハラになったところで歩ははっきりとした拒否を示した。

その途端、始まったのがパワハラだった。

それがもとで体調を崩し精神的にも不安定になった歩は退職し、一人暮らしをしていたアパートを引き払って実家に帰った。

会社を辞める際、成輝がセクハラとパワハラで上司本人と会社の両方からしっかり慰謝料をもぎ取ってくれたため、実家での療養に引け目は感じなかったが、療養に入って間もなくいろいろと状況が変わった。

一つは成輝の妻の事故死により、結佳と義哉が永山家に預けられるようになったことだ。

その頃まだ永山家には、佑太と健太の母、歩から見れば継母(ままはは)がいた。

歩と上の兄二人の生母は、歩が幼稚園の時に病(やまい)で亡くなり、その三年後に父の再婚でやってきたのが継母だ。

継母は歩たちと我が子を分け隔てなく育ててくれ、関係はすこぶるいい。

彼女への信頼感もあり、成輝は子供二人を預けたのだ。

当然、子供の相手には歩も駆り出されたが、療養中の歩には丁度いい気分転換だった。

その一年後には恭仁が離婚し、うちの子もよろしく、と軽い調子で章を預けた。

さらにその一年後、つまりは去年だが、

『健太も中学生になったし、そろそろ私、お父さんと一緒に働いて稼いでくるわ』

そう言って、もともと父と同じ職業についていた継母は海外に行ってしまった。

尚、二人の職業はひよこの雌雄鑑定士である。

仕事は基本的に海外で、三ヶ月に一回程度帰ってくるかこないか、だ。

歩ちゃんがいてくれるなら安心だから、などと言われたが、歩のほうも社会復帰をと考えていたところだった。

だが、先に継母に社会復帰をされ、先送りせざるを得なくなり、今に至っているのだ。

「あーちゃん、おしっこ」

午前中の家事をすべて終え、昼食作りまでの僅かな時間、甘えてくる章を全力で甘やかしていると、章は不意に動きを止めてそう言った。

「おー、ちゃんと言えるようになったな。えらいぞ」

頭を撫でてやり、トイレに連れていく。

世話をしている中で一番小さな章のおむつも先日やっと外れた。

時々失敗することはあるが、四月には失敗頻度も減っているはずだ。新年度からは義哉と同じ幼稚園の三年保育に安心して参加させられるだろう。

そうなれば、歩の負担は減る。

――やっぱ、四月めどで社会復帰の方向で考えといたほうがいいよな。

自分が家をちゃんと見ているから、父母や兄たちが安心して働いているのだとは思っている。

その対価は必要経費とは別でちゃんと支払われてもいるから、家族は歩が家のことを見るということで納得している。というか、むしろそれを望んでいて、少し前にそろそろ社会復帰を考えてると相談したところ成輝と恭仁からは、

「一生おまえの生活は俺らが見るから、このまま頼む！」

と言われてしまった。

家族が納得していて、歩自身も家事は嫌いじゃないし、甥っ子や姪っ子は可愛い。

だが、「このままでいいのか?」と思ってしまうのだ。

まるで自分だけがぬるま湯に浸かって、家族に守られているような罪悪感がある。

それに、今はまったく考えてはいないのだが、将来的に結婚などというものをしたくなった時に、家事手伝いの男子など需要がなさそうだ。

——もう一回、ちゃんと兄ちゃんたちと話し合お……。

そんなふうに思いながら、トイレを終えて誇らしげに出てきた章の後始末を、歩は手際よくこなした。

その夜、次兄の恭仁が帰ってきたのは自己申告の八時よりも一時間遅れの九時だった。

章は、家で寝かしつけておいてくれと言われた義哉と一緒に別室で眠っていて、佑太と健太は夕食を終えるとそれぞれさっさと自室に戻っていた。

リビングにいたのは入浴を終えて可愛いパジャマに着替えていた結佳と、夕食の片づけを終えてくつろいでいた歩の二人だった。

その二人の耳に、

「ただいまー。……遠慮しねぇで入れよ。全然変わってねぇだろ、うち」

などという恭仁の声が聞こえ、

「誰か客連れて帰ってきたのか?」

「やすひとおじさんの声を聞く限りじゃ、その様子ね」

歩と結佳はそう話をし合う。そしてほどなく、恭仁はリビングに姿を見せた。客を伴って。

「ただいまー、珍しい奴連れてきたぜ!」

そう言った恭仁の背後にいた人物を目にした歩は、驚きに目を見開いた。

「え……郁ちゃん?」

そこにいたのは、数年前まであった隣家に暮らしていた江島郁だった。

「久しぶり、歩ちゃん」

そう言った郁は腕に子供を抱いていた。まだ乳児だ。

「お客様、初めまして。こんばんは」

茫然とする歩の隣で、結佳が礼儀正しく頭を下げて挨拶をする。

「初めまして」

それに合わせて郁も頭を下げるが、「誰?」といった感じで、恭仁がすぐに紹介する。

「兄ちゃんとこの娘で、結佳。九歳」

「ああ、そうなんだ。赤ちゃんの時に、一度顔を見せてもらった気がする。もうこんなに大きくなってるんだね、俺も歳を取るはずだよ」

郁はそう苦笑するが、恭仁と同い年の三十歳だ。

中学生の時にスカウトをされて雑誌モデルとして活躍していたが、表に出る仕事は性に合わないと、大学に通いながらヘアメイクの専門学校にも通い、今はヘアメイクの仕事に就いている。

その郁には小さい頃から歩もよく可愛がってもらった。

一人っ子だった郁が「弟」をうらやましがって、何かと相手をしたりしてくれたというほうが正しいだろう。

歩も、成輝と恭仁たちのことも好きだったが、彼らは可愛がってくれるだけではないため、何かあれば郁のところに駆け込んでは、甘やかしてもらっていた。

――っていう思い出だけなら、よかったんだけど!

郁の顔を見た途端、歩の脳裏に蘇(よみがえ)ったのは非常に恥ずかしい記憶だった。

あれは小学五年生の時。

その年頃の男子は性的なことに興味を持ち始めるもので、特に兄がいるような男子の性的知識は同級生よりも多い。

バカ男子だった当時、秘密基地と呼んでいた学校裏の神社の奥にある防空壕跡で、拾ったエロ本だの、兄からのお下がりのエロ本だのというものを見てはぎゃあぎゃあと騒いでいた。

そんなある日、誰かが、

『大人のチンコって、俺らと形違うと思わねぇ?』

と言い出した。確かに、当時は修正が薄かったエロマンガに描かれているモノと、自分たちのそれは形が違っていることに誰もが薄々は気づいていた。

『大人になったら、ああなるんじゃないのかな』

なんていう漠然としすぎる結論でその日の論議は終了したのだが、それが具体的にいつ頃なのか分からなかった。

分からないことは聞けばいいとは思うものの、そういう下ネタを成輝や恭仁に聞くのはためらわれて、それで聞いたのだ。郁に。

聞いて――今どんななのと言われて、見せた。

そして触られて、というと語弊はあるが、どうして形が違うのかを教えられて、皮を剝かれて
……そのまま自慰まで――。

「歩ちゃん。わたし、あっちに行ってるわね」

結佳が歩の服の袖を軽く引っ張り、ダイニングを指差す。

大人同士の話があるのだろうと察したのだろう。

その結佳の声に、歩は脳裏に蘇っていた恥ずかしい記憶をぶった切った。

「ん、ああ。寒くないようにしてろよ」

「ヒーターつけるから、だいじょうぶ」

結佳はそう言うとダイニングへ向かい、リビングとの境になっている三枚開きの引き戸を閉め

た。

「しっかりしたお嬢さんだね」

「兄ちゃんの子供だしな」

恭仁の言葉に納得したように郁は頷く。

「とりあえず適当に座って。歩も」

恭仁は立ちつくしている二人に座るよう促す。

子供がいるなら三人がけのほうがいいだろうと、さっきまで自分と結佳が座っていた場所を郁に譲り、恭仁が一人がけに、歩はラグの上に腰を下ろした。

「……その子、郁ちゃんの子供？」

とりあえず、歩はそれを聞いた。

「うん、そう。瑞樹(みずき)って言うんだ。今、六ヶ月」

「女の子？」

「いや、男」

郁の言葉に、恭仁は驚いた顔をした。

「え、男だったんだ？　可愛い顔してっから女の子だと思ってた」

「言ってなかったっけ？　男だよ。ユニセックスな名前だからよく間違われるけど」

「まあ、おまえに似ても別れた嫁さんに似ても、整った顔に育つだろうけどよ」

恭仁は軽い口調で言ったが、

「え、別れた嫁って……郁ちゃん、離婚したの？　ていうか結婚してたってこと自体、知らなかったけど」

そもそも、歩はそこから驚いた。

「一ヶ月前だっけ？　離婚」

「正確には一ヶ月半前だね。まあ、大して違いはないけど」

そう言って郁は笑うが、顔色も悪いし全体的に元気もなさそうで笑っていても痛々しい。

寝不足は確実にあるんだろうな、などと思っていると、

「なあ、歩。こいつの仕事って時間不規則じゃん？　それでこんな小さい子供連れてとか無理だからさ、うちで赤ちゃんの面倒見てやってよ」

恭仁がさらりと言った。

「は？」

「おまえ、慣れてるじゃん、佑太とか健太とかで。最近だと章もおまえが育ててるし」

さらに重ねてくる。

『はぁ？　何簡単に言ってんの？　子育て舐めてんの？　慣れてるじゃん、じゃねーんだよ！』

と怒鳴りたい歩だったが、目の前の郁の疲れっぷりを見ると、とてもじゃないが言えなかった。

「……とりあえず、事情聞かせてもらっていい？　普通、それくらいの赤ちゃんだと奥さんが引

き取ることのほうが多そうなもんなんだけど……」

歩が聞くと、郁は少し間を置いてから口を開いた。

「愛菜(あいな)…別れた妻だけど、彼女の妊娠が分かって結婚したんだ。五ヶ月に入る前だったかな。でも、結婚してすぐから、付き合ってた頃には分かんなかった性格の不一致があって……おなかの子供が七ヶ月に入ったくらいから別居してた」

「え、二ヶ月しか一緒に住んでなかったの？」

「妊娠中の女の人は精神的に不安定なところがあるって先輩たちから聞いてたから、彼女のしたいようにしてもらったほうがいいと思って。彼女は子供が生まれて一ヶ月くらいになるまで実家にいて、俺はそっちに顔を出すようにしてたんだ」

「通い婚かよ」

どうやら詳しい話は恭仁も聞いていなかったらしく、驚いた様子で突っ込む。

「そうなるのかな。けど、向こうのお義母(かあ)さんが、そろそろ一緒に暮らしたらどうかって言ってくれて、子供を連れて彼女が帰ってきてしばらくは一緒に暮らしてたんだけど。俺の仕事って時間が不規則だから、すれ違いが多くなって彼女がブチ切れたんだ。……彼女もスタイリストをしてて出会ったのも現場だったから、そういう仕事だってことは理解してくれてるはずだったんだけど、やっぱり実際に一緒に暮らすと違うんだろうな」

「え、まさかそれで離婚？」

「うん。……子供が生まれる前にケンカした時、お守り代わりに書けって言われた離婚届があったんだけど、それ、提出されてた。子供は俺が引き取るってことになってて……」

あっさり肯定されて、歩は慌てる。

「うんって…。そんな勝手に出された離婚届って、有効なわけ？　法律のこととかよく分かんないけど、成輝兄ちゃんに聞いたら……」

「何とかなるかもしれないけど、何とかなったとしても、俺が無理だ。もう」

そう言って郁は頭を横に振る。

「まあ、愛想尽きると無理だよな。俺も無理だったし」

恭仁が同意する。

恭仁の離婚理由は妻の不倫だった。

親権で揉めかけたが、不倫相手が子供はいらないと言ったため、あっさり親権も養育権も恭仁のものになった。

もっとも、その後、不倫相手とはうまくいかなかったらしく元鞘を望むような手紙が来たりしていたようだが、離婚の際に一切接触をしないという条件をつけていたらしく、面倒なことは起きていない。

「じゃあ、郁ちゃん、離婚してからずっと赤ちゃん連れて仕事行ってんの？」

「いや、保育園。でも仕事に行っちまうと預けっぱなしになって悪いなって思ってる。そのせいか夜泣きもひどくて……」

「……まあ夜泣きは普通って言うか、通過儀礼みたいなとこあるけど…」

義哉も章も夜泣きはあったが、それでも歩は昼間眠ることができたので何とかなったし、佑太や健太に手伝ってもらうこともできた。

だが、郁は一人だ。

郁の両親は、郁が大学生の時に離婚し、それぞれ故郷に帰ってしまっている。隣家は五年前に取り壊されて、今は更地なのだ。

「久しぶりに会ったら、こんな有様でボロッボロじゃん？　超やつれてるし、どうしたんだよって聞いたら子育てでまいってるっつーし。任せとけよって連れてきちまったんだよな」

恭仁は笑ってまとめる。

いやいや、任せとけよって、おまえは俺に任せる気なんだろうがと突っ込みたかった。

突っ込みたかったが、郁のボロボロっぷりは確かに半端ではなかった。

「……まあ、今のまんまだと郁ちゃんがダメになりそうだよな、確かに」

歩はそう言って一度言葉を切り、

「有料でよかったら、預かろうか？」

そう切り出した。

「え？」

「成輝兄ちゃんと、恭仁兄ちゃんとこの子も、有料で世話してる。あと、佑太と健太についても親から金もらってるし……。ある程度割り切ったほうが預けやすいだろ？」

歩の言葉に郁は瞬きを繰り返す。

「預かるって、まだ六ヶ月だし……手、すごいかかるし」

「うん、その月齢の赤ちゃんが手がかかるのは知ってる。まあ、とりあえず、ちょっと今は寝てけば？　その間、見とくし。あ、それは無料だから安心して。純粋な厚意」

歩がそう言うと、恭仁がそうしろそうしろと同意を促す。

「え、でも」

「睡眠不足で、頭がちゃんと動いてなさそうだから、ちょっと寝てから改めてもっかい話そ？」

歩はそういうと立ち上がり、郁から子供を抱き取って、そのまま恭仁に預ける。

「おー、小せぇ…。章にもこんな時あったなー」

さすがに子育てを多少なりとも経験している恭仁は抱き方も安定している。

「郁ちゃん。客間に布団敷くから、来て」

手でついてくるように促し、歩は郁を連れて奥の客間へと行く。

押入れから布団を出して敷いてやり、郁に眠るよう促す。

「じゃあ、甘えさせてもらって一時間くらい寝かせてもらうね」

布団に入りながら郁はそう言う。

「……もしぐっすりだったら、何時に起こせばいい？　仕事に遅れないようにだけは起こすから」

「明日の仕事は昼からだから…九時前に起きられれば充分だけど、ちゃんと起きるから大丈夫だよ」

「うん、念のために聞いただけ。じゃあ、お休み」

歩はそう言うと部屋の電気を消して客間をあとにした。

リビングに戻ると、恭仁が父親の顔をして子供の寝顔を見つめていた。

「兄ちゃん、そのまんま抱いててくれる？　俺ちょっと粉ミルクとか買ってくる。郁ちゃん、朝まで起きないと思うし」

「だよなー。ああ、ミルク代は？」

「大丈夫。じゃあ行ってくる」

歩は御用達のドラッグストアに急いだ。

このあとどうなるか分からないので、とりあえず今夜必要になる粉ミルクとおむつだけを買って帰宅し、哺乳瓶などは章が使っていたものがあるのでそれを煮沸消毒する。

「赤ちゃん、あずかるの？」

カウンターキッチン越しに、手際よく準備を始めた歩を見ながら結佳が聞く。

「ずっとかどうかは分かんないけど、明日の朝までは確実にね」

「手伝えることある？」

「じゃあ、恭仁兄ちゃんとこ行って、赤ちゃんの様子見るの交代してあげて。恭仁兄ちゃん、章連れて家に帰んなきゃだから」

「分かったわ」

結佳は閉めていたリビングとの仕切りを開いて、恭仁のもとへ向かう。

義哉や章が大きくなるのを見てきているので、結佳も赤ちゃんには慣れている。ソファーに座り、膝の上に子供を預かって、様子を見始める。

「じゃあ、俺、章連れて帰るわ。あと、頼むな」

恭仁はそう声をかけてくる。

「うん、乗りかかった船だしね」

「おまえのおかげで安心して仕事させてもらってます」

おどけた調子で言った恭仁は、眠っている章を連れて帰るべく、子供部屋に使っている元祖父母の部屋へ向かった。

「やっと章のおむつが外れたとこだったのに……」

ため息をついて、歩は苦笑した。

2

「では行ってまいります」

「はーい、いってらっしゃい。気をつけて行けよ」

玄関先で礼儀正しい挨拶をする結佳をいつもどおりの言葉で送り出すと八時だ。

「コーヒー飲も……」

いつもどおりに一時の休息を取るため玄関からキッチンに戻ろうとすると、赤ちゃんの泣き声がリビングから聞こえてきた。

「あちゃー、そっちが先だったか」

ため息をついてリビングに入ると、座布団の上にひざかけを布団がわりにかけられた状態で盛大に泣いている赤ちゃんを、左右から義哉と章が驚いた顔をして見つめていた。

「はいはい、ちょっと待ってなー」

そう言って近づいていくと、義哉と章がほっとした表情を見せた。

「あーちゃん。あかちゃん、なにもしてないのにないちゃった」

「なにもしてないよー」

義哉と章はそれぞれ無実を訴える。

「おう、分かってる。多分、おむつが濡れたんだろ」

歩はひざかけを取り払うと慣れた様子でおむつを外す。

「やっぱり、しっこだな。すぐ交換してやっから」

声をかけて、昨夜買ってきた紙おむつを手に取る。

その時、客間の襖が慌てて開けられた音が聞こえ、バタバタと足音がリビングに近づいてきた。

「瑞樹…っ」

姿を見せたのは昨夜「一時間くらいで起きる」と言って、起きられず――起きられないだろうと思ってはいたが――今まで爆睡していた郁だ。

「瑞樹くん、寝ぼすけのとーちゃんがやっと起きてきたぞー」

笑って言いながら、歩は手早くおむつを交換し、まだぐずぐず言っている瑞樹を抱き上げてあやしながら、脱力した様子で立ちつくしている郁を見上げた。

「おはよう、郁ちゃん。もうちょっとしたら起こしに行こうと思ってたとこ。よく眠れた？」

「……ああ、今までぐっすりだ」

「そう、ならよかった」

歩がそう返した時、義哉が瑞樹の服の裾を摑んで引っ張り、

「あーちゃん、だれ？」

「だれー？」

義哉と章が繰り返して問うてくる。

二人とも郁が来た時は寝ていたし、郁が永山家に遊びに来たのは結佳が赤ちゃんの時が最後なので、当然初対面だ。

「瑞樹の父ちゃんで、昔隣に住んでた郁ちゃん。章のパパの幼馴染みだぞ」

章の頭を撫でながら言うと、章は不思議そうな顔をした。

「パパのオナナジミ？」

「おさななじみ、な。ちっちゃい頃からの友達ってこと」

そう説明してやってから、今度は郁に二人を紹介する。

「郁ちゃん、こっちの大きいほうが義哉。成輝兄ちゃんとこの息子。昨夜会った結佳の弟。こっちの小さいほうが章で恭仁兄ちゃんの息子」

「はよーごじゃいましゅ」

「ましゅ！」

義哉と章が初めて見る相手なので、まだやや緊張した顔のままで挨拶をする。

「あ…おはようございます」

慌てて郁も挨拶をし、それにちょっと笑いながら、歩は立ち上がった。

「郁ちゃん、朝飯食うだろ？　うちは今日、白飯と味噌汁だけど、それでいい？　あ、その前に顔洗って歯磨きかな。洗面台に袋入りの新しい歯ブラシ出してあるからそれ使って。歯磨き粉は子供用と大人用があるから好きなほう。タオルは棚に入ってる新しいの使ってくれていい。義哉、郁ちゃんを洗面所へ案内してあげて」

歩が言うと義哉は、はーいと元気よく返事をして、こっち！　と郁を案内していく。郁は戸惑いながらも義哉についていった。

その間に歩は一旦瑞樹を元の座布団の上に寝かしつけ、章に赤ちゃん見てて、と声をかけて郁の朝食の準備を整える。

郁が戻ってきた時にはダイニングテーブルの上にはご飯、味噌汁、玉子焼き、漬物、の朝食一式が並んでいた。

「うわ…すごい……ちゃんとした朝飯だ」

感動したような声を出す郁に、大げさだなと思いつつ時計を見た歩は、

「そう？　あ、郁ちゃん、ちょっと留守番しながら飯食ってて。義哉の幼稚園バスの時間だから送ってくる」

そう言って、片手で瑞樹を抱っこし、義哉と手を繋ぐ。その義哉は章と手を繋いで四人でバスの停留所まで向かった。

無事に送り出し、家に帰ってくると郁は丁度食事を終えたところだった。

「味噌汁はないけど、米のおかわりならあるよ。食う？」

「いや、もう充分。ごちそうさま、すごく美味しかった」

「じゃあ、お茶でも入れる。ちょっと待ってて」

歩はそう言うとキッチンで二人分のお茶を入れて戻り、郁の前に腰を下ろした。

「ありがとう」

「どういたしまして」

軽い口調で歩が返したあと、やや間を置いてから郁は切り出した。

「瑞樹、夜泣きとかで迷惑かけなかったか？」

その言葉に歩は、リビングの座布団の上にまた寝かされて章に不思議な顔で覗き込まれている瑞樹をちらりと見る。

「赤ん坊の世話は慣れてるって言ったら慣れてるし、昨日は十二時くらいまでは佑太が一階に下りてきてたから、俺が風呂に入ってる間のおむつとミルクはやってくれてた。夜泣きっつーか、ミルク飲ませろって泣かれたのは一回だけだし、迷惑ってほどのもんじゃないよ。朝も佑太と健太が朝飯食いながらリレーで膝の上に乗っけてミルク飲ませてたし」

「佑太くんと健太くんにも迷惑をかけたんだな」

「迷惑のうちに入んねーよ？　義哉や章で二人とも慣れてるし」

さらっと返してから、歩は改めて切り出した。

「そんで、郁ちゃんどうする？」

「どうするって？」

「瑞樹くん、一人で育てるのってまだまだ大変だと思う。俺、育児に特別な資格を持ってるわけでもないから、そういう面では不安にさせるとこもあるし、俺自身も甥っ子や姪っ子の世話を見るようなわけにいかねぇってメンタル面での緊張はあるけど、郁ちゃんがそのあたりのこと了承してくれんなら、俺は全然大丈夫」

昨夜、いろいろ考えていた。

郁の様子から、仕事と子育てでギリギリになっているのが簡単に見て取れた。

今のままだと郁が倒れる可能性もあるし、精神的に追い詰められて子供を虐待してしまったなんていうのも最近ではよく聞く話で、誰かのサポートを受けたほうがいいのは明らかだ。

だからといって、よく知っている相手とはいえ他人の子供を預かることにプレッシャーがないわけではない。

だが、そのプレッシャーを取り除きさえすれば、預かってもいいという気持ちになっている自分がいる。

「本当にいいのか？　歩ちゃんだって忙しいだろ？」

「忙しくないとは言わないけど、一人増えたところで一緒って感じかな。夕方になったら結佳が帰ってくるから、夕飯の支度の間は見ててくれるだろうし、夜は佑太と健太が手伝ってくれるだろうから、郁ちゃんが今一人で見てるほどの負担にはなんないよ。それに俺、専業主夫って感じだし」

そう笑った歩に、郁は机の上に額をつけそうな勢いで頭を下げた。

「……なんかもう、すごい申し訳ないっていうか、本当に甘えていいのかって思うけど……よろしくお願いします…」

「オッケー。あ、昨夜も言ったけど有料だから。超無認可保育園だと思って」

「それは気にしてない。今のところも無認可だから」

「そうなんだ？　じゃあ保育料半端なく高いんじゃねぇの？」

「その分、延長保育の融通なんかも利くけど……。認可のところの空きを待てる余裕もなかったし……」

そう言って苦い笑みを浮かべた郁の様子から推し量ると、相当な額の保育料がかかったことがなんとなく分かった。

「そっかー。まあ、うち延長保育とか別料金にはなんないから、そこだけは安心してくれていいよ。とりあえず着替えとか持ってきて。今は義哉と章のお下がり着てもらってる。それでいいなら別にかまわないけど。あと昨夜買ったミルクと紙おむつは他の必要経費と一緒に月末締めで翌月五日に請求ってことで」

「うん、いろいろ本当にありがとう」

「お礼言うの、まだ早いと思うよ。俺のやり方っていうか、そういうのに不満出てくるかもしんないし」

そう言った歩に、郁は頭を横に振った。

「ううん、歩ちゃんのことは子供の頃から知ってるから安心してる」

「じゃあ期待、裏切んないように頑張るわ。そんじゃ、今日からこのまま瑞樹ちゃん預かる。あ、なんかあったら連絡するからケータイの番号とかいろいろ交換してもらっていい？」

こうして、永山家を新たに賑（にぎ）やかにするメンバーが入ったのだった。

さて、ちびーずに瑞樹が加わったことで、歩の忙しさは少し増した。

だが「少し」ですんでいるのは家族が協力的だからだろう。

お姉ちゃんスイッチが入った結佳が瑞樹の様子を見て、異変があればすぐさま教えに来てくれるのである程度目を離していても安心だし、佑太と健太が帰ってくれば完全に戦力として有効活用できた。

「健太、おまえ今日どっちにする？」

夕食を終え、一番風呂を終えた結佳が出てきたタイミングで佑太が健太に問う。

「あー、瑞樹」

「分かった。そんじゃ、義哉、章、風呂行こうぜ」

佑太が絵本を広げている二人に声をかけると、二人とも『あーい』と返事をして風呂場に向かう。

健太はリビングのソファーに自堕落に座っているが、膝の上に瑞樹を乗せてプニプニとした二の腕や足の感触を楽しむように手で遊んでいる。

結佳はそれを横目に見ながらバスタオルで髪をパンパンと叩いて水分を取りつつ、夕食の片づけをしている歩のところに近づいてきた。

「歩ちゃん、もうすぐシャンプーがなくなりそう」

「おー、そっか。今と同じの買い足すか？　それとも別ので気になるのあるか？」

「ノンシリコンがいいって言われてるから気になるけど、ノンシリコン神話もどこまで本当か分からないし……。もう一度今のと同じのでいいわ。現状に不満があるわけじゃないから」

結佳の言葉の前半部分はとりあえずよく分からなかったが、今使っているものを買い足しておけばいいことだけは分かった。

「分かった。じゃあ、明日買い足しとく」

「お願いします」

そう言ったあと、結佳は、

「健太お兄ちゃん、みずきちゃんお気に入りなのね。最近、みずきちゃんのお風呂ずっと健太お兄ちゃんだわ」

　微笑ましいものでも見るような目でそう言う。

　健太は初めて瑞樹が永山家に来た夜、ジュースを取りに下りてきた際に瑞樹と対面し、郁の子供だというと『げっ』と言ってあからさまに嫌そうな顔をしていた――のでとりあえず一発蹴りを入れておいた――が、なんだかんだ言ってよく面倒を見てくれている。

『義哉と章の二人を風呂に入れるより、瑞樹一人のほうが楽だ』

　前にそう言っていたのでそれも理由の一つなのだろうと思うが、一番の理由は多分可愛いからなのだろうと思う。

「結佳も含めて育児に協力的な家族で助かる」

　歩がそう返すと、結佳はふふっと笑って『シャンプーお願いします』と言って髪を乾かしに、子供部屋として使われている部屋に向かった。

　歩が生まれて間もなく建てられた永山家は部屋数が多い。

　二階は息子たち一人一人に将来的に個室を、と三部屋プラス父親の書斎として合計四つの部屋が設けられ、一階には父母の互いの両親を将来的に引き取ることになった時のために、と二部屋の和室に夫婦の寝室、そしてＬＤＫと水回りだ。

　とはいえ祖父母の部屋として用意された二部屋のうち、その用途として機能したのは一部屋だ。父方の祖父が病を得て亡くなるまでの二年ほど過ごしただけで、今は子供部屋になっている。

もう一つの部屋は空いたままで今は客間と呼ばれ、郁が寝ていたのがその部屋だ。

二階の四部屋は、歩がずっと同じ場所を使っていて、健太と佑太が個室を欲しがった時、成輝はすでに家を出ていたが恭仁と歩はまだ家にいたため、空いていた成輝の部屋と父親の書斎をそれぞれ健太と佑太が使い始めた。

恭仁が家を出た今、そこは一応空き部屋だ。

空き部屋といっても、ベッドなどは残っているので恭仁が休日にやってきてはよく昼寝をしていたりするが。

その恭仁が帰宅したのは十一時過ぎだった。

海外からの客を空港へ出迎えに行ったらしいのだが、飛行機の到着が大幅に遅れたらしい。

「お疲れ様」

「まあ、よくあることだけどな。海外だと欠航も多いし。あー、来月も一週間くらい留守にするから、その間また章頼むわ」

「今度はどこ？」

「イギリス。レトルトの飯、買っといて」

商社勤めの恭仁は語学が堪能であることが買われて海外出張を仰せつかることが多い。その間、章はずっと永山家に泊まり込む。

その間ずっと離れ離れになるからか、成輝は帰宅が遅くなって義哉が眠ってしまっていたらそのまま永山家に預けていくのだが、恭仁は必ず自分たちのマンションに連れて帰っていた。

「そういや、郁は？」

冷蔵庫を漁って漬物を肴にビールを飲み始めながら恭仁は問う。

「もうすぐ帰ってくると思う。さすがに夕食は食べてくるって言ってたけどね」

「売れっ子だからなー、あいつ」

そんな会話をしていると、郁が帰ってきた。

ただいまと玄関で声がして、そのままリビングを通ってダイニングに姿を見せる。仕事が遅くなったからか疲れた顔をしていた。

「お疲れ様。なんか飲む？　恭仁兄ちゃん、ビール飲んでるけど」

「あー、コーヒーが欲しい」

「了解」

歩がインスタントのコーヒーを入れていると、

「郁、シケたツラしてんなぁ。どんだけお疲れだよ？　仕事、ちょっとはセーブしねぇともたねぇぞ？」

恭仁がからかうように言うと、郁はため息をついた。

「いや、仕事はそうでもないよ」

「じゃあなんだよ？」

「……瑞樹の夜泣きがひどくて。連れて帰って、寝かそうとしたら泣くし。しばらく抱っこしてれば寝るんだけど布団に下ろすとまた泣き出すっていうのを繰り返して…ちょっと寝不足続いてる」

その言葉に、歩は入れたコーヒーを差し出しながら、

「一度寝かしつけたあとで起きると、次に寝てくれるまで時間かかるからなぁ。泣き疲れて寝たと思ったら、今度はミルク飲ませろって起きてくるし」

義哉や章で思い当たったことを口にすると、どうやらビンゴらしく郁はうなだれた。

「昨夜が特にひどくて……近所の人に迷惑になるんじゃないかと思って結局ソファーで抱っこしたまま寝てたから、疲れが取れてなくて」

「瑞樹ちゃん、夜もうちで預かろうか？」

歩がそう切り出すのは自然の流れだった。だが、それに郁は頭を横に振る。

「そこまでしてもらうわけにいかないよ。俺の子供なんだから、それこそ預けっぱなしっていう無責任な形になる」

「じゃあ、倒れるまで頑張る？　郁ちゃんの意志を尊重するよ、俺」

歩としてはどちらでもいいので、あっさりそう返した。

「おいおい、郁が倒れたら瑞樹の保育料入ってこねぇだろ」

笑いながら恭仁は言い、

「俺の部屋空いてんだし、郁もしばらくそこで寝泊まりすりゃいいんじゃねえの？　休みの日にマンション戻るくらいにしてさ」

　そう提案する。

「そんなの、瑞樹を夜預かるって以上に歩ちゃんに負担になるだろ」

「今でもうちで夕飯食ってから家に帰ってんだし、大して変わんねぇって」

　身も蓋もないことを言って恭仁は笑う。

　郁だけではなく、成輝も恭仁も、九時前に帰宅できる時は永山家で食事を取ってからそれぞれのマンションに帰っている。

　郁は最初遠慮していたのだが、恭仁と何度か帰宅時間が被って一緒に食事をすることになってから、食事をして帰るようになった。

　とはいえ、遅くなることのほうが多いので頻度は高くないが。

「うん、確かに大して変わんないね。郁ちゃんは放置しといても自分の身の回りのことはできるわけだし」

　歩も容赦がなかった。

「むしろ、ちょっとした用事とかには使えるじゃん？」

「だねー」

「つーわけで、郁。今は非常時だと思って全力で歩に甘えていいんだぜ？　俺ら歩いて五分のとこだからここ“との行き来ったたって知れてるけど、おまえのマンション遠いんだし。仕事終わってここまで瑞樹迎えに来て、家へ帰ってっていう時間のロス考えると、忙しい時とか、帰ってくんのが遅くなったりとかする時はうちに泊まればいいじゃん」

「うん、俺はどっちでもいいよ。かかる必要経費はまた請求するから」

二人の申し出に郁はしばらく考えたあと、

「ホントごめん……ありがたくお願いする」

深々と頭を下げた。

3

「今日は髪、どんなふうにする？」

「今日は体育があるので、きっちりとしたあみこみのまとめ髪でお願いします」

ダイニングの椅子に腰を下ろした結佳は、郁の問いにそう返す。

「承りました」

郁は恭しく返事をすると、癖のない結佳の髪を丁寧にセットしていく。

忙しい時は永山家に泊まるという提案を郁が呑んでから十日。泊まる率は七割ほどとかなり高い。

とはいえ、泊まるほど遅くなるということは、夕食をすませて帰ってくる時間でもある。夕食の準備がないので、歩の忙しさはまったく何も変わらなかった。

せいぜい洗濯物が郁のパジャマや下着分増えた程度だ。

むしろ、楽になったことがある。

それが毎朝、歩の仕事の一つだった結佳の髪のセットだ。

郁が起きていて、なおかつ郁に時間の余裕がある時にはしてくれるようになった。

さすがに本職は短時間でとても綺麗に髪をセットしていた。

「これでどうかな」

「とてもすてき。ありがとう、かおるさん」

ご満悦といった様子で笑みを浮かべ、結佳は椅子から下りる。

「どういたしまして」

そんな二人のやりとりに、

「ロリコンじゃねーの？」

と朝食を食べながら健太が呟く。

「ロリコンはねぇんじゃないかな。速攻でバツついてるけど結婚してたんだし」

さらっと返す歩の背中にはおんぶひもで背負われた瑞樹がいる。

「ロリコンの偽装結婚かもしんねぇじゃん」

「まあそんなことになったら、成輝兄ちゃんに社会的に抹殺されるだろ。悪徳弁護士様は怖ぇぞ」

健太は郁と馬が合わないらしく、とにかく反抗的だ。

むしろリアル中学二年生の反抗期の矛先が郁に向いていると言ってもいいかもしれない。

それでも瑞樹は可愛いらしいので、袈裟まで憎いというわけではないらしい。

「とりあえずおまえ、さっさと飯食えよ。授業にまで遅れてくつもりじゃねぇだろ」

わざと見えるように拳を固めた歩に、

「暴力超反対」

朝から関節技をキメられ、一度起きたにもかかわらず朝練をサボる時間まで二度寝をしてグーで殴られた健太は小さな声で呟く。

「殴られねぇように気をつけりゃいいだけの話だろ？　佑太はこんなに手ぇかかんねぇぞ」

「佑ちゃんはサッカーバカだから、喜んで朝練でもなんでも行くんじゃん」

「サッカーバカだけどおまえより成績いいぞ、あいつ」

そんな応酬を繰り返す二人を郁は笑みを浮かべて見つめている。それが気に食わなかったのか、

「何見てんだよ」

健太は噛みついた。直後、平手でパシッと後頭部を歩が叩き、

「無意味に噛みついてんじゃねぇよ」

教育的指導が入る。

「いや、仲がいいなと思って。うらやましいよ、兄弟がいるって」

「暴力兄貴ばっかの家庭の末っ子のつらさを知らねぇからそういうこと言えんだよ」

「暴力振るわせるようなことしでかすからだろうが。佑太みてぇにいい子には手ぇ出さねぇし、俺」

歩は涼しい顔だ。

「佑ちゃんは、成輝兄ちゃんに逆らったら社会的に抹殺されるし、恭仁兄ちゃんに逆らったら精神的に抹殺されるし、あーちゃんに逆らったら肉体的に死を迎えるっつってたぞ」

「俺に関節技を授けた成輝兄ちゃんと、蹴り技を与えた恭仁兄ちゃんが全面的に悪いってことになるけどな、それ」

「もうやだ、この暴力三兄弟」

健太はそのままうなだれたが、そんな暇があったらさっさと飯食えよと歩は容赦ない。

それを見て、

「やっぱり仲いいな」

郁が笑うと健太は、けっと吐き出すように言って茶碗に残った最後の一口を食べると立ち上がる。

「ごっそーさん」

「はいよ。さっさと準備してこい」

「あいよ。ああ、あーちゃん、体操服入れといて」

「分かってる」

そう言って、健太が二階に消えると、

「俺もそろそろ出かける準備しないとな」

郁も立ち上がる。

「今日は夕飯いるんだよな?」

確認した歩に、郁は頷いた。

「うん、遅くても八時半には帰る。そん代わり、明日は朝五時に現場だ。この寒いのに朝焼けで写真撮りたいとか言い出すの勘弁してほしいんだけどな」

「じゃあ夜中に起きるんだ？　明日」

「三時半起きかなぁ」

「俺、起きないから、勝手に起きて行って」

「そうする」

郁はそう返すと、歩の背中にいる瑞樹の頬を軽く撫でて、身支度を整えに向かった。

その後ろ姿を見送って、歩は結佳が義哉と章の相手をしている間にすませられる用事に勤しんだ。

特に大きな事件が起きることもなく、郁と瑞樹が加わった永山家では通常運転の日々が続いていた。
今夜は成輝も恭仁も珍しく八時前に帰宅し、夕食を終えると九時前に子供たちを連れて帰って

いき、それと入れ代わりで郁が帰ってきたのだが、かなり疲れた様子だった。

だが特に理由を聞かず、夕食の準備をして郁が食べている間に歩は先に入浴をすませた。今日も健太に風呂に入れてもらった瑞樹は、子供部屋を今夜は独り占めしてすやすや睡眠中だ。

そのうち起き出してミルクを所望するだろうが、それも十二時前くらいだろう。

ゆっくりと風呂を堪能し、出てくると郁と交代だ。

郁が食べ終えた食器類を洗って片づけると、やっと歩のくつろぎタイムが始まる。

ラグの上に直接腰を下ろし、録画しておいたテレビ番組を見る。

何しろ子供がいる間は幼児向け番組優先だし、何よりゆっくりとテレビを見る時間がない。夜、子供たちが帰るか、寝静まってからの二時間ほどが歩の自由時間なのだ。

さっそく見始めたのは地上波初登場と銘打たれた昨年の興行収入ナンバーワンの映画だ。何も考えずにボーッと画面を見ていると、郁が入浴を終えてリビングに姿を見せた。

さっぱりとした印象にはなっているが、入浴でさらに体力を奪われたのか、疲れ度合いは増している気がする。

その郁は黙ったまま歩の後ろに腰を下ろした。

歩は映画が一つの山場を迎えていたので、テレビの画面に集中したまま、

「なんか今日疲れてんねー、どうかしたの？」

一応声をかけておく。

すると、急に後ろから郁の手が伸びてきて抱きしめられた。

いや、抱きしめられたというよりも羽交い締めと言ったほうが妥当な、色っぽさよりも粗雑さが紙一重で勝っているようなものだ。

家族からのスキンシップに慣れている歩にとってはどうということのないものなのだが、風呂上がりだから余計に強く感じる郁の体温や、使ったシャンプーの匂いがやけに生々しくて、ついうっかり小学生の時のあの出来事を思い出しそうになる。

——待て待て待て待て、だからあれはそういうんじゃないから！

自分に言い聞かせ、テレビに集中したふりで、

「何？　急に」

できる限りのんびりした口調を装い、後ろにいるのは健太、と心の中で繰り返して問う。

すると郁は歩の肩にうずめるようにして、

「ちょっと充電させて」

と疲れた声で返してくる。

そんな軽口を返せた自分に、よく頑張ったと心の中で歩は呟く。

「充電料金別だよ？」

「うん、別でいい……。ちょっと精神的に削られることがあってさ…」

郁がそんなふうに言うのを歩は半分聞き流すが、テレビも半分は聞き流すというか見流すとい

うか、上の空になってしまって、知らない間に主要人物の一人が死体になって転がっていた。

――ヤべぇ、ちゃんと見てなかった。

巻き戻したら動揺していたのを悟られそうだったので、とりあえずそのまま続きを追う。

その間もずっと郁は歩を羽交い締めにしたまま肩口に顔をうずめていたのだが、徐々に体重をかけられて重くなってくる。

その時、コマーシャルに突入したので、歩は羽交い締めている手をペシペシと叩く。

「チョイ離れて」

「まだ充電足りないんだけど」

郁は腕に力を込める。

「ゆっくり充電させてやるから。重いからとりあえず離れて」

これで聞いてくれなかったら関節キメるかな、と思っていると、それを悟ったように郁は腕を解いた。

歩は少し郁から離れると、

「人間座椅子やって」

と所望する。

それは何のことはない、胡坐（あぐら）を組んだ郁の脚の間に歩が座るというもので、子供の頃ゲームをしたりする時にはその体勢だった。

郁は後ろのソファーに背中を預け、歩は郁の胸を背もたれ代わりにする形で落ち着いたのだが、子供の頃は何とも思わなかったその体勢の妙ないやらしさに気づいてしまった。

——考えてみりゃ、これ、背面座位じゃん……。

だが、やっぱこれやめるなどと言い出すと、郁相手にそういうことを考えてしまったことに気づかれて気まずくなりそうで、

「これなら郁ちゃん充電できるし、俺も楽だし」

軽くそう言ってそのまま居直ることにした。

「相変わらず抱き心地のいいサイズだな、歩ちゃんは」

「大して遠回しでもない、小さいまんま発言どうも」

「いや、体格差そのまんまでスライドしたって意味なんだけど……。五人兄弟の中で歩ちゃんだけちょっと伸び悩んだよな、身長」

郁の言葉に、歩は苦笑する。

成輝も恭仁も一八〇センチ半ばから後半ある。佑太はついこの間一八〇を超えたと言っていたし、健太も成長期半ばにしてもうすぐ一八〇に届きそうだから、下の二人も上の二人と同じかそれ以上の長身になるだろう。

「一応平均身長はあるんだけど。郁ちゃんも含めて周りがでかいから小さく見えるだけで。郁ちゃんて何センチ？」

「最近は計ってないけど、最後に計った時は一八八だった」

「滅びろ、巨人族」

「ひどいなぁ」

笑った郁の声からは、さっきの疲れのようなものは感じられず、密かに安堵(あんど)しながらそのまま歩はテレビに集中した。

それからややした頃、階段を下りてくる足音が聞こえてきた。

家族の動きが分かるようにと、階段はリビングにつけられており、その人物はすぐに姿に見せた。

「何してんだよ、ホモかよ」

下りてきたのは健太で、歩と郁の体勢を見るなり嫌悪感を丸出しにする。それに歩はテレビに視線を向けたまま、

「郁ちゃんはともかく、俺までホモにすんな」

笑って返し、健太がキッチンへ向かうのを視界の隅で捕らえると、

「健太、何しに来たぁ？」

「茶ァ飲みに来ただけだよ」

「じゃあ、俺にもお茶ー」

容赦なくついでに使う。

「俺、冷たいの飲むけど」

「俺、熱いのがいい。ポットの湯、沸かし直して入れてー」

「はぁ？　全然ついでじゃねぇじゃん！」

健太は文句を言ったが、

「俺、ついでとか言ってないし。俺もお茶っつっただけだし。だからさっさと入れて」

歩に逆らうのは危険だと理解しているので、ブーブーと文句を言いながらも言われたとおりにポットの湯を沸かし直して歩のマグカップにお茶を入れて運んでくる。

「おう、ありがと」

「声かけんな、ホモ菌が伝染る」

吐き捨てるように言って健太はそのまま二階へ戻っていく。二階の部屋のドアが閉まった音が聞こえてから、

「悪い、なんか誤解させたっていうか……」

郁が謝った。

「別に？　誤解とか言ったらあいつが本気にしてるっぽく聞こえるじゃん。反抗期のただの悪口だよ。気にするようなことじゃないから平気」

そこまで言った歩だが、

「あー、でもちょっと郁ちゃんに対してはやたら突っかかってくよな。ごめんな」

顔を合わせるたびに一言二言、嫌みを言ったり、舌打ちをしたりするのは正直ダメだと思う。

「末っ子でちょっと甘やかしたとこもあるし、ああ見えてわりと繊細なとこあるから、自分のテリトリーを侵されてるみたいで嫌なんだろうと思うんだけどさ。行きすぎだって判断したらその都度シメるから」

「……今も充分シメてると思うけどな」

「え、全然今は野放しだけど」

普段見る、叩く、蹴る、はどうやら「シメる」には入っていないらしいことに郁は気づく。

「今…ちょっと健太くんに同情した」

その郁の言葉に、

「何、それ。優しく充電までさせてやってんのに。今度から健太シメるついでに郁ちゃんもシメるわ」

そう言って歩は笑う。

それに郁はお手柔らかに、と笑って返した。

数日後の水曜、歩は瑞樹の乳児健診に、章を伴って出かけた。

少し前に通知が来ていたらしいのだが、郁がすっかり忘れていて、六ヶ月検診を間もなく七ヶ月になる時期に受けることになったのだが、特に問題はなかった。

義哉や章が遊び相手になっているので、よく動くし、よく笑う。

ミルクもたっぷり飲むし、少し前から始めた離乳食も食いつきがいい。

そのせいか、以前は夜中におなかを空かせて泣いて起きることもあったが、最近は朝までぐっすりのことが多い。

そう話すと、他の同じ月齢の母親たちからはうらやましがられた。

こういう場所では保健師からのアドバイスもためになるが、他の母親との情報交換もためになる。特に育児グッズなどに関しては、何が便利だとか、こういう使い方をするといいだとか、目から鱗(うろこ)の情報が多い。

そんな感じで検診を無事に昼前に終えた歩は、昼食と夕食の買い物ついでに大型のショッピングセンターに立ち寄ることにした。

「あーちゃん、ゲーム」

店内に入ると、章は各種ゲームが揃ったキッズコーナーへと向かいたがる。

この時ばかりは三歳児とは思えない力の強さで、油断をすると繋いだ手が離れそうになる。

「分かった、分かった。十分だけだぞ」

そう言い聞かせてキッズコーナーへと向かった。

とはいえ、章の目当てはゲーム機ではなく、コーナーに設けられている床がトランポリンのようになっている遊技場だ。

休みの日には子供がたくさん、そこで跳ねて遊んでいる。

危険のないように壁などはクッション材でできているので、保護者は外から眺めていることが多い。

今日は平日で休みの日ほどの混雑はしていないが、数人の子供が遊んでいて、やはり母親らしき人物が様子を眺めていた。

歩は近くのベンチに腰を下ろし、ベビーカーの中の瑞樹に時折声をかけながら、今日の夕食の献立を考え始める。

掃除も洗濯もさほど苦にはならないが、一番面倒なのが食事作りだ。

何でも文句を言わずに食べてくれる家族ではあるが、ワンパターンは避けたいし、だからと言って手のこむものを作れるスキルはない。

――カレー……はまだ取っておきたいし、ハンバーグは…先週煮込みハンバーグ作っちまったしな…。寒いから鍋でもいいんだけど……。

うだうだと考えていた歩の視界に、何か意識をさらうようなものが映った。

何が映ったのかまで分からなかったのだが、何だったのか確認するために、歩は視線をそちらに向ける。

キッズコーナーの奥の、比較的年齢の高い——ティーンエイジャーから上がよく遊んでいるそのゾーンに、見慣れた長身の茶髪がいた。健太だ。

——あぁ？　なんであいつがこの時間ここにいるんだよ。

眉根を寄せると、歩はベビーカーを押しながらこっそりと近づく。

どうやらクレーンゲームでぬいぐるみをゲットしようとしているらしく、ゲームの経緯を見つめる。

腕前がかなりいいらしく、無事にぬいぐるみをゲットし、取り出し口に出てきたぬいぐるみを取ろうと腰をかがめたところで背後に近づき、手を後ろでひねり上げた。

「い……っ！」

「けーんーたーく——ん、こんな時間に中学生が何してんのかなーぁ」

「ちょっ、痛い、痛いです、お兄様っ、マジで！」

「俺は何してんだって聞いてんだよ、あぁ？」

涙目の健太の腕をさらにひねる。

「ごめんなさい！　本当にごめんって！　逃げないから！」

「逃げたら分かってるよな？」

「分かってます」

その言質を取ってから、歩は手を離してやる。

健太はひねられた腕をもう片方の手でさすりながら、涙目で歩を見る。

「ひでぇ……」

「ひどくねぇ。おまえが無事にぬいぐるみ取るまで待っててやったんだぞ、こっちは」

そう言って歩は取り出し口にあるぬいぐるみを手にすると、健太に渡す。

「で、なんでおまえはこんな時間にここでゲームしてんだよ？　まだ学校に行ってる時間だろうが」

「……今日から、義哉と章が好きなアニメの新キャラが景品で入ったんだよ。早く来ねぇと、かっさらわれるから」

ぶっきらぼうな口調で健太は言う。

「え、そのため？」

「ああ」

「なんだよ、おまえ。甥っ子思いのいいおじさんじゃねぇか」

学校をサボったこと自体は大問題だが、理由が可愛かったので歩は大目に見てやることにした。

「そんで、目当てのモノ取れたのか？」

「ああ、先に一個取ったから」

「そうか。章、一緒に来てるから喜ぶぜ。……あ、ヤベ、迎えに行ってやらないと。健太、瑞樹のベビーカー押してきて」

歩は慌てて章を迎えに行く。

いたはずの歩の姿が見えず、章は泣き出す寸前の顔で囲いの中から外を見ていた。そして歩を見つけると、ふにゃっと顔をゆがめて泣き出す。

「あーちゃん……あーちゃ…っ」

「悪ぃ、悪ぃ。健太兄ちゃんがいたから、呼びに行ってた。はいはい、大丈夫大丈夫」

抱き上げて背中をポンポンと叩いてあやしながら、ベビーカーを押してくる健太と合流する。

「章はマジであーちゃんいねーとダメっ子だな」

そう言いながら、健太は章の頭を撫でる。

「今のはしょうがねぇ。置いてけぼりにされたと思ったよな。俺が悪かった、ごめんな」

章に謝り、それから歩は健太を見る。

「おまえ、給食、食ってきたのか?」

「いや、三限終わりで出てきたから」

「じゃあ、フードコートでなんか食おうぜ。適当になんか買って家で食おうかと思ったけど、そのほうが楽だし。……章、昼飯何が食いたい?」

歩はまだしゃくり上げている章のご機嫌を取るように聞きながら、健太と瑞樹と一緒に施設内のフードコートに急いだ。

このショッピングセンターの売りの一つが充実したフードコートだ。

よって、テーブルに並んだ料理は多種に及んだ。

みんなでつまむためのタコ焼きが二種類。健太のラーメンとチャーハン。歩の天ぷらうどんとかっぱ巻き、そして章のドーナツ三種類だ。

瑞樹はとりあえずミルクである。

テーブルに並ぶと壮観だったそれらの料理は、二十分後には華麗に駆逐されていた。おもに健太によって。

「現役中学生、すげぇな」

朝食と夕食の量でその食欲は知っているが、家で見るのとは雰囲気が違う。

「フツーだろ？　こんくらい」

「給食で絶対足りてねぇよな？」

「足りるわけねぇじゃん。部活前にとりあえずカップめん食うぜ、みんな」

当たり前だという様子で健太は言う。

「聞いてるだけで胸やけしてきたわ……」

げんなりした様子で言ってから、

「おまえ、このあと学校へ戻んの？」

歩は聞く。

「いや、メンドイから帰る」

「そうか。じゃあ、買い物付き合えよ。一緒に帰ろうぜ」

正直保護者としてはダメなんだろうなと自覚はしているが、無理に学校に戻らせたところで上の空、座っているだけの授業なら意味はないだろう。

そう判断して、歩はそのまま買い物に付き合わせ、一緒に家に帰ってきた。

「ジュージュージュージュヒョー、ジュヒョー、ジューヒョー」

リビングから章の少し調子の外れた歌声が聞こえる。

ソファーの上で健太からもらった例のぬいぐるみを持って踊りながら、そのキャラクターのテーマソングを歌っているのだ。

瑞樹は眠ってしまったので子供部屋のベビーベッドの中だ。

そして歩はキッチンで夕食の仕込みをしているのだが、その隣には健太がいる。

「じゃあ次、衣つけて。小麦粉つけて溶き卵つけて、パン粉な」

フライ物の準備をさせ、歩は煮込み料理の食材を切る。

「しっかし、サボってデートとかならまだ分かるけど、可愛い甥っ子のためとはいえ一人でゲーセンとか」

歩はプッとバカにしたような笑みを浮かべる。

「いや、デートでも、そこは分かっちゃダメなんじゃねぇの？」

それに対し、フライの衣をつけながら、健太にしては冷静に突っ込んだ。

「青春の一ページ的な思い出としちゃ理解してやりてぇんだよ。授業サボって図書館でデートとか、なんかそういう感じ？」

「と、今時そんな少女漫画設定、ねぇよ」

「モテない現実を見ようとしない健太である」

笑ってまとめた歩に、

「言っとくけど、俺、モテるし！」

健太は断固として反論した。

「ほおー」

「今日も、昼休みに部室に来てください、みたいな手紙、靴箱ん中に入ってたけどガン無視しただけだし」

「マジかよ、もったいねぇ」

「そんなわけ分かんねぇ呼び出しに応じて、景品かっさらわれるほうがよっぽどもったいねぇよ」

そう言った健太の言葉に、歩はプレゼントされたぬいぐるみを抱いてウキウキしてまだ踊っている章の姿をカウンター越しに見る。

「確かにあの喜び方見たら、プライスレスって感じになるわな」

「いや、財布には地味にダメージ来てっけど、どうせうちの学校ブスしかいねぇし。今までも散々だったからな」

どうやら複数回告白なり何なりを受けているらしいことが言葉の端から分かる。

「まあ、おまえ目つき悪ぃけど、無駄にイケメンだからな。そこは認めるわ」

そう言うと、健太は驚いたような顔で歩を見た。

「え、何、急に……」

「何って、褒めたんだけど？」

「あーちゃんに褒められるとか、俺、今日、命日かもしんねぇ……」

そう言った健太に歩は笑いながら、

「ふざけんな、おまえには俺の老後の面倒の一端を担(にな)わせるって決めてんだよ。とりあえず彼女できたら教えろよ」

そう言って、頭をぐりぐりと撫でてやった。

4

その日は、いつもと何も変わらずに始まった。

佑太と義哉の弁当の準備をし、佑太が起きてきたところで、健太を起こしに向かい、関節技で起こす。

今日は脚の関節を軽くキメてみた。

軽くだったので大して痛くなかったはずだが、エースストライカーの脚を、とわめいてうるさかったので、とりあえず尻を蹴飛ばして黙らせておいた。

健太の派手な悲鳴を聞きつけたわけではないだろうが、廊下に出ると郁も起きてきて、三人で階下へ向かった。

健太は郁と顔を合わせるなり威嚇行動に出ていたが、さっき制裁を加えられたので一応こらえている様子だった。

郁は今日久々の一日オフだ。

急ぐ必要がないので、無駄な諍(いさか)いがないようにダイニングで朝食を取る健太とは距離を置いて、リビングのソファーに腰を下ろした。

健太の前に朝食を並べていると、いつもは成輝のあとに来る恭仁が、今日は先に来た。いつもよりも三十分以上早い時刻だ。

「早いじゃん、なんかあったの？」

「海外支社の近くで暴動が起きたらしい。なんか被害出てるらしいから、情報収集のために早く来れる奴は早く来いって電話が来たんだよ」

「そうなんだ」

返事をしながら章を受け取るが、章はパジャマのまま連れてこられていた。章の準備まで手が回らなかったというか、寝ているところをそのまま抱き上げてきた様子で、まだうとうとしている
「夜も遅くなるかもしんねぇ」

「了解。あ、クリーニングに出してたスーツ引き取ってきてある。恭仁兄ちゃんの部屋にかけてあるから、また今度持って帰って」

「ありがと。じゃあ、章頼むわ」

「はいよ、いってらっしゃい」

そう言って送り出し、ねむねむ状態の章を連れてリビングに戻り、郁が座っているソファーの隣に寝かしつける。

「あーひゃん……」

離れようとすると章は眠さで呂律の回っていない声で歩を呼ぶ。

「もうちょっと寝といで。まだ早いから」

「やー…あーひゃん……」

手を伸ばし、歩の服を摑もうとするその手を、郁がそっと摑む。

「俺が見てるから。歩ちゃんは用事すませてきて」

「ありがと。助かる」

礼を言い、歩は朝の準備に戻る。

いつもこういう時は章をおんぶして準備をせねばならなかったのだが、章も重くなってきて、家事の動きが重なると地味に腰に来る。だから、本当にありがたかった。

そうこうするうちに今度は成輝が結佳と義哉を連れてきて、人口密度が一時的に高くなる。

だが、佑太と健太が登校し、時間を置いて結佳、そして義哉と順々に家をあとにすると、家の中は急速に静かになる。

その頃には章と瑞樹も起きてきていたが、二人の相手は郁がしてくれていた。

「すごい助かる、ありがと郁ちゃん」

「どういたしまして。たまの休みくらいは奥さんの手伝いをしないとな」

その言葉に歩はわざとらしくため息をつく。

「バツイチをこじらせて、とうとう妄想が」

「こじらせてないって。本当にいい奥さんだなーって思ってるんだって」

郁はそう言って笑う。

その笑顔はモデルだった頃と変わらず——むしろ大人の魅力のようなものが強くなっていて、うっかりときめいてしまいそうになる。

——は？　ときめくって何？　男だし！

胸のうちに湧きかけた感情を歩は即座に打ち消す。

「こじらせたことに気づいてない時点で重病だと思う」

そんなことを言って、歩は洗濯をしてくるという名目でリビングを出た。

——ときめくとか、あり得ないだろ！

そう、あれは普通にイケメンだから見惚れただけの話だ。

たとえば桜吹雪を見てその見事さに目を奪われるような、そういうのと同類のもので、色恋的な感情は断じてない！　と思いたい。

子供の頃のあれだって、単純に純粋な疑問の果てのことで……とうっかり思った瞬間、あの時のことが鮮やかに蘇ってしまう。

「落ち着け、落ち着け、俺」

芋蔓式(いもづるしき)でヤバい記憶を呼び起こした歩は、とりあえず深呼吸をする。

「桜吹雪は綺麗。うん、それだけの話」

呪文のように何度か繰り返しながら、歩は洗濯機の中に洗濯物を投入した。

動揺したテンションは洗濯機が一回転する間に落ち着き、平常心を取り戻した歩は章と瑞樹を郁に預けたまま、こまごまとした家事をこなした。

そして、そろそろ昼食の準備をと思った昼前、珍しく固定電話に電話がかかってきた。

出てみると健太が通っている中学校からだった。

『健太くんのことで、問題が起きまして……今すぐ学校に来ていただけないでしょうか』

強張った担任の声に、歩は眉根を寄せる。

——なんかやらかしたか……？

授業をサボったところは先日、歩自身が見つけたばかりだ。

だから某（なにがし）かの呼び出されるような事態が起きたとしても、ある程度予測の範囲内ではあるが、担任の声の様子は簡単な事情ではなさそうに思えた。

「健太が、何か？」

どこまで教えてくれるか分からなかったが一応聞いてみる。すると担任は少し間を置いたあと、

『健太くんが女子生徒に暴行をした、という訴えが保護者の方からありまして……』

「え……？」

担任が告げたのは思いも寄らない言葉で、歩は困惑するしかなかった。

『相手の保護者の方もいらしていて……都合がつくようでしたら、早急に……』

「……分かりました。これから伺います」

歩はそう言って受話器を置いた。

「歩ちゃん、健太くんがどうかした？」

電話の様子がおかしかったのに、郁もすぐに気づいて聞いてくる。

「……ごめん、ちょっと待って。先に成輝兄ちゃんに連絡しなきゃ…」

混乱する頭の中で必死に優先順位を思い出す。

両親に何かが起きても、日本の家族に何かが起きても、まずは真っ先に長兄である成輝に連絡をする。

成輝がいなければ恭仁にというのが、永山家の決め事だ。

――裁判所とかじゃなきゃいいんだけど……。

祈るような気持ちで歩は成輝に電話をする。幸い、すぐに成輝が出た。

『どうした、何かあったのか？』

これまで仕事中の成輝に連絡をしなければならなくなったことはない。そのせいか成輝の声は硬かった。

「うん。でも結佳と義哉じゃないから、安心して。健太の中学から連絡があって…健太が女子生徒に暴行したって……」

『暴行って、どっちだ？』

「ボコったほうだったら殴ったとか、暴力を振るったとか言うと思うから、洒落になんないほうだと思う……」

歩の推測に、成輝は小さく息を吐いた。

「それで、相手の保護者が学校へ来てるらしくて、うちも保護者に出てこいって呼び出し」

『分かった。俺も今から出る。だが到着に時間がかかるから、とりあえず先に行っておいてくれるか』

「うん、分かった。じゃあ、向こうで」

そう言って、歩は受話器を置く。

「今の話……」

心配そうに郁が問うのに、歩は小さくため息をついた。

「……とりあえず、行ってやらねぇと。相手の親が出てきてんだったら、さすがの健太でも心細いだろうし。……行ったら、詳しいことも分かると思うから」

歩はそこまで言って、今度は深く呼吸をして、まっすぐに郁を見た。

「ごめん。章と瑞樹くんの世話、頼めるかな」

「それくらい大丈夫だよ。歩ちゃんは大丈夫か？　一人で」

気遣わしい視線で聞いてくる郁に歩は笑った。

「俺が糾弾されるわけじゃないし、平気。向こうで成輝兄ちゃんとも落ち合うし」

言いながらエプロンを外す。

「あーちゃん、どこかいくの？」

ソファーからずり落ちるようにして下りてきた章は、テテテっと走り寄ってきて、心配そうな顔で問う。

「健太兄ちゃんの学校。章は郁ちゃんと瑞樹くんとお留守番してて」

歩のちょっとした口調から普段とは違うものを察したのか、いつものひっつき虫っぷりが嘘のように、うん、と頷いた。

「いい子だな、章は」

そう言って頭を撫でてやってから、歩は部屋へ着替えに戻った。

健太の通っている中学校は歩の——だけではなく、永山兄弟全員の母校でもある。
継母が働き出してから、授業参観の時に来ているので懐かしさはほとんどないが、さすがに呼

び出されている理由が理由なので緊張した。

事務室で名乗ると、座っていた事務員らしい女性が一階奥の生徒指導室だと教えてくれる。

あとで兄が来ますのでと一応告げておいて、歩は生徒指導室へと急いだ。

「失礼します」

ドアをノックすると、どうぞ、と聞き覚えのある男の声が聞こえてきた。

健太の担任の声だった。

ドアを開けると、二つ並べられた会議室の机を挟んで、手前に健太と担任が座しており、奥の窓側に暴行されたという女子生徒を挟んでその両親が座していた。お誕生日席に座しているもう一人の教師は、女子生徒の担任あたりだろう。

父親は恰幅のいい体格できっちりとしたスーツを着ていた。母親は痩せていて鶯色のニット姿だが、教育熱心そうな雰囲気がある。

女子生徒は俯(うつむ)いて顔を上げようとしないが、そこそこ美人で胸が大きそうだ。

「お待たせしてすみません。永山健太の兄です」

入口で頭を下げ、名乗る。

それに女子生徒の父親はあからさまに不愉快そうな顔をした。

「本当に兄が来るとはな！」

「両親は仕事で海外におりますので。……もう一人の兄も、少し遅れますがこちらに向かっております」

言いながら歩は机に歩み寄り、空いていた健太の隣に腰を下ろし、軽く横を見て健太の表情を窺う。

健太は落ち込んでいる様子でもなければ、ふてくされた様子でもない。

ただ、無表情だ。

「先生。申し訳ありませんが、まったく事情を存じ上げないので、詳しいことをお伺いしてもかまいませんか」

歩が切り出すと、相手の父親が激昂したように立ち上がった。

「何も聞いとらんとは！　おまえのところのそこの不良が……！」

「森下さん、落ち着いてください。私のほうから説明をしますから」

担任が腰を上げ、落ち着くようにとジェスチャーをしながら取りなす。

それに、フンと鼻を鳴らして父親はどっかと腰を下ろす。パイプ椅子がぎしっと音を立てた。

「数日前から、永山が、森下さんを襲ったという噂は学校内で出ていました」

「三年生…ですね」

歩は女子生徒の名札の横についている学年章を見て担任に確認する。健太は二年生だ。

接点が分からないという意味を含んでいることに担任はすぐに気づいたらしく、

「森下さんはサッカー部のマネージャーをしてくれていて……。噂とはいえ、そういう話があるのは無視はできないので二人に事情を聞いたんですが、ともに何もないと言うので様子を見ていたところだったんです。しかし今朝、森下さんのお母さんが彼女の破られた制服のシャツを見つけて問いただしたところ、先週の水曜の昼休みに永山に部室で襲われて…強姦されたと」

決定的な言葉が出た。

——あり得ないだろ…そんな……。

歩が確認したいことがあって口を開こうとした時、

「中学生の子供を置いて、海外で仕事だと⁉　しかもその面倒を見ているのもまだ子供じゃないか！　あり得ないだろう！　だからこんな不良が育つんだ！」

相手の父親が罵倒した。それに健太がキレて立ち上がりかける。

歩は咄嗟(とっさ)に健太の手首を摑んで関節技をキメて止める。

「痛ってぇ……！」

「落ち着け、健太」

「けど！」

「いいから、落ち着け」

もう一度言うと、健太は息を大きく吐き出して、体の力を抜く。それを感じて歩も摑んだ手首を離す。

「先生、健太はなんて……？」

今度は相手の母親がカバンの中から切り裂かれたカッターシャツを取り出し、バンッと机の上に置く。

「そんなはずないでしょう！　これがその制服です！」

カッターか何かで切り裂かれたらしい跡が見えた。

「刃物で脅すなんて……！　この子がどれだけ怖い、情けない思いをしたか！」

娘の肩を抱き、ハンカチで自身の目元を押さえる。

女子生徒は俯いたままだ。

正直、歩は困っていた。

あり得ないとは思うが、健太から何も聞けていないこの状況では、完全にアウェイだ。

――とりあえず健太から詳しく事情を聞いてから、また後日って流れにするか…。あー、でも成輝兄ちゃん到着するまで待ったほうがいいんだろうな。

歩はちらりと時計を見た。

電話を受けてから四十分。

もうそろそろ成輝が来てもいい時間だ。

早く来てくれよ、と重い沈黙の中で思っていると、

「永山さんの保護者の方がお見えになりました」

ドアをノックする音とともに、先刻事務室で歩に行き先を指示してくれた事務員の声がした。

「どうぞ、入ってもらってください」

担任が言うとドアが開き、スーツ姿の成輝……ではなく、郁が立っていた。

着ているスーツは、昨日クリーニングから引き取ってきた恭仁のもので、髪もビシッとプロの技で整えられている。

「は？」

思わず歩は声を出してしまった。

その声に健太も振り向き、「え？」という顔をした。

だが郁は涼しい顔で、

「お待たせして申し訳ありません」

モデル時代そのままのオーラ全開で軽く頭を下げる。

——あの事務員、俺の時は指示だけだったくせに……。

ちょっとでも近づこうと案内したに違いなかった。

いや、それはどうでもいい。

——どういうこと？　なんで郁ちゃんが？

当然の疑問だ。

だが、それをここで聞けば、なんで他人が来てるんだと相手の父親がブチギレしそうなので、ここは兄で押し通すことにした。

健太に軽くアイコンタクトを取ると、健太も分かったらしく小さく頷いた。

郁が来たので、担任がもう一人の教師と同じようにお誕生日席に移り、健太の隣に郁が座す。

そこで改めてかい摘んだ状況の説明があった。

「……そうですか」

落ち着いた口調で郁は言ったあと、

「森下さん…？　少し聞きたいことがあるんだけれどいいかな？」

優しい声で聞いた。

彼女は少し顔を上げ、郁を見る。だが、黙したままだ。

「その時の状況を話せる範囲でいいから、教えてほしいんだ。……無理なら、頭を縦に振るか横に振るくらいでもいい。お願いできるかな」

郁の言葉に彼女は目を伏せたが、頷いた。

「ありがとう。……健太に襲われた時だけど、その時健太は服を着てたかな？」

その問いに彼女は頭を横に振り、

「……シャツは…脱いでました……」

「シャツはって言うことは、ズボンは穿いてた？」

「最初、は……」

その時のことを思い出してつらくなったかのように、女子生徒はきつく眉根を寄せる。

「……じゃあ、見たんだね、健太の脇腹の刺青も。シャツを脱いでたなら、見える位置だし」

郁のそのセリフに健太は射殺しそうな目で郁を睨み、歩はきつく唇を噛んだ。

沈黙のあと、女子生徒は頷いた。それに郁は理解を示すように息を吐くと、

「あんな龍の刺青を見せられたら、怖くて逆らえないよね」

同情的に言い、女子生徒は泣きながら、

「私…怖くて……」

そう返した。

「刺青を見て、怖くなっちゃったんだ？」

問い重ねた郁の言葉に女子生徒ははっきりと頷く。その次の瞬間、

「あれ…おかしいな。刺青とか、そもそもないんだけど。……健太、服脱いで見せてあげて」

郁は爆弾を落とした。

「え？」

「え？」

二人の教師が同時に言い、郁と健太を見たあと、その視線を女子生徒に移した。

「森下…どういうことだ？」

困惑の色の濃い声で、彼女の担任が問う。

「ち…違います！　私っ、私本当に……っ」

彼女は必死で頭を振って、違う、違うと繰り返す。

「動揺していて、相手を健太と間違ってしまったのかもしれませんね」

にっこり笑顔で郁は相手の両親を交互に見て言う。だが、その表情にははっきりと『おまえのとこの娘、嘘ついてんだろ』と書いてあった。

そして、さらに追い打ちをかけるように歩が口を開き、

「健太が彼女を襲ったという先週の水曜の昼休みですが、健太、その時間学校にいませんけど」

爆弾を投下した。

「そんな言い逃れを！」

「そ、そうよ、言い逃れだわ！」

相手の両親は噛みついてきたが、

「本当です。ショッピングセンター内のゲームコーナーにいたのを捕まえましたから、俺。多分店の防犯ビデオにも映ってると思います」

先週の水曜といえば、瑞樹の乳児健診のあった日だ。ドッペルゲンガーでもなければ健太がその時間に学校にいるわけがないのだ。

歩が店の防犯ビデオを証拠としてあげると、両親だけではなく女子生徒も、そして健太をクロだと思っていたと思われる教師二人も撃沈した様子だった。

どうしていいのか分からない、という沈黙が流れる中、

「とりあえず、今日はこれ以上話し合っても無駄でしょう。今後の対応についてなども話さなければなりませんし、改めて場を設けていただくということでいかがですか？」

郁が提案する。

「そ、そうですね。そうしましょう。それでいいですね、森下さん」

健太の担任が相手に問う。居丈高だった相手の両親は黙って頷くしかなかった。

「では、私たちはこれで。健太、行こうか」

郁が立ち上がり、それに歩と健太も続く。

「では、後日」

どこまでもスマートに軽い会釈をし、郁は踵を返してドアへと向かっていく。

そのあとに続きながら、

――郁ちゃん、俳優にもなれたんじゃないの？

そんなことを歩は思った。

生徒指導室を出て、廊下を進み、ある程度行ったところで、

「刺青入れてるとかって与太話、信じられるレベルにまで落ちてんじゃねぇよ」

歩は言って健太の頭を叩く。

いつもなら『痛ぇな！』と怒鳴り返すくらいしてくるのに、今日はされるがままだ。

さすがに強姦したと疑われたことはこたえているらしい。

「……で、おまえこのあとどうすんの？　授業出るのか？」

聞くと、健太は頭を横に振った。

「…ンな気分じゃねぇよ」

「じゃあ、帰るか。荷物取ってこい、下駄箱で待ってる」

歩が言うと、健太は自分の教室へと歩いていき、歩は郁と一緒に下駄箱に向かった。

「刺青とか言い出した時、ヤバかったわ、俺。噴き出しそうで必死で唇噛んだ」

下駄箱について、健太を待つ間、歩は笑いをこらえながら言った。

「突っ込んでくるなよって、必死で祈りながら言ってた、俺」

郁はそう言って笑う。

「でも、相手がうまく引っかかってくれてよかったよ。わりと勝率の低い賭けだったから」

「だよね。『あった』か『なかった』以外に『覚えてない』『分からない』って選択肢もあるもんね」

歩が返すと、さすが、というように郁は笑みを浮かべた。

「まあ、あったって言ってくれるように誘導したけどね。実際にそういう目に遭ってたなら自分の見たままをいうだけだけれど、ありもしないことで健太を犯人に仕立て上げようとしてるなら、何とかして自分が有利になるようにって考えがちだし。その中で当然見えたはずだ、みたいに振られたら……見えたって言っちゃうだろうね」

「郁ちゃん、やることえげつない」

「歩ちゃんだって、最後にあんな爆弾落としといて。最初から言っとけばすむ話なのに」

郁はそう返してきたが、

「んー、迷ったんだよね。あの日、強姦なんてなかったってことはガチなんだけどさ。それとは別件で健太と彼女の間に関係があったらって。まあ、それもないだろうなってことは分かってたんだけど、万が一ってことあるし」

歩は躊躇した理由を告げたあと、

「まあ、相手が自爆してくれて助かった。郁ちゃんのおかげ……っていうか、なんで郁ちゃんが来てくれたの？　章と瑞樹くんは？」

一番の今日の疑問について聞いた。

「あー、成輝さん、車が事故に巻き込まれて動けなくなったらしい。そんで、恭仁も無理で、俺が代打の代打。丁度部屋に恭仁のスーツがかかってたから失敬してきた。あいつ、いいスーツ着てるな。オーダーだろ、これ」

「そうみたいだね。なんかこだわりらしいよ、スーツ。しっかし、郁ちゃんのモデル全開オーラすごすぎてビビった、俺」

「現役の連中と比べたら月とすっぽんだけどな」

郁は苦笑したあと、

「そんで、章と瑞樹はお向かいのおばあちゃんに、一時間くらい見ててくれませんかってお願いしてきた。丁度娘さんが来てて、学校まで俺を送ってくれたから、早く着けた。よかったよ」

「……多分、それもモデルオーラの恩恵だろうと思うけどね」

歩がそう言った時、階段を下りてくる健太の姿が見えた。

歩は健太に軽く笑いかけてやり、早く来いよ、と手でジェスチャーをする。それに健太はどこか居心地の悪そうな、けれどもまんざらでもない表情を浮かべて、ことさらゆっくり近づいてくる。

「早くしろよ、シメんぞ」

笑顔で、歩はいつものように物騒なことを言った。

三人で帰宅すると、家には成輝が帰ってきていた。郁が子供たちをお向かいに預けていると置き手紙をしていたのを見て引き取ってきてくれていたが、二人とも子供部屋で眠っていた。
「郁くん、悪かったな」
「いえ、どうってことないですよ。成輝さんこそ、事故のほうは大丈夫なんですか?」

ダイニングテーブルで郁が心配そうに成輝に問うのを聞きながら、歩はとりあえずお茶を入れる。

「ああ、軽く後ろからバイクに当たられただけだ。歩道との脇をすり抜けようとしたらしい。……こっちは完全に停車していたし、ドライブレコーダーの画像もあったから、すぐに終わったんだが、警察官が来るまでに時間がかかってな」

すぐに終わったということは、現時点でどちらにも怪我はないのだろう。

「それで、健太のほうは？」

歩がお茶を持ってダイニングに来ると、歩を待っていたように成輝が問う。

「単刀直入に言うと、冤罪だった」

「冤罪？」

問い返した成輝に頷いたあと、歩は一連の騒動を簡潔に説明する。

「相手の女の子がどういうつもりかは分かんないけど、とりあえず健太の疑いは晴れたと思う」

「そうか。帰ってきた時のおまえの顔が普段どおりだったから、心配はなさそうだとは思っていたが」

「まあ、本人はさすがにショックみたいで、帰る時もほとんどしゃべんなかったけど」

歩が言うと成輝は頷き、

「あいつの攻撃的な態度は、ある意味自分を守るためのものだからな。……詳しい話を聞いてくる」

お茶を飲み干し、立ち上がる。

加害者から冤罪被害者へと華麗な転身を遂げた健太は、家に帰るなりまっすぐ部屋に向かってそのままだ。

「昼ご飯、うちで食べてく？　チャーハンだけど」

階段へと向かう成輝に声をかけると、ああ、と返事が戻ってきた。

「俺も着替えてくる。スーツとか着慣れないから居心地悪くて」

成輝のあとを追って、郁も二階へ上がっていく。その郁に、

「ありがと、郁ちゃん」

歩が礼を言うと、郁は笑って軽く手を振った。


歩がチャーハンを作り終えた頃、成輝が健太の部屋から出てきた。

だが、健太はまだショックを引きずっているのか部屋から出てこず、着替えを終えて早々に下りてきていた郁と三人で昼食を取った。

「生徒の間じゃ、かなりすごい噂になっていたらしい。健太は強姦魔扱いだったようだ」

「げ……、あいつ、よくそんなんで学校行ってたな」

「まあ、あの外見と態度だから、もともとボッチだったみたいだし。寂しがりのわりにメンドクサイ人間関係なら一人のほうがいいってタイプだからな」

「成輝兄ちゃん、何気にひどいこと言ってんぜ」

一応突っ込んでみるが、

「客観的な事実だ」

成輝はその一言で終わらせたあと、

「恐らく、今回の件は相手の女子生徒の狂言と判断して間違いないだろう。生徒間に流布されている噂を撤回するためには事実を公表するしかないが、相手との調整が必要になるから、以降の対応は全部俺がする。それでいいか？」

歩に意見を聞いた。

「成輝兄ちゃんがやってくれるなら、それが一番安心できるよ。お願いします」

弁護士としてそつなく、そしてえげつなくすべてを円滑に進めてくれるだろう。

『成輝兄ちゃんに逆らったら社会的に抹殺される』と言ったのは佑太らしいが、うまく言ったもんだな、と胸のうちで改めて思った。

昼食を終えると成輝は仕事に戻っていった。

「さて、しょうがねえ…。昼飯、健太の部屋に持ってってやるか」

完全に冷めてしまったチャーハンだが、あえて温めず、歩はお盆の上にお茶と一緒にセットする。

「相手の女の子、そういう既成事実みたいな噂を流すことで健太くんを手に入れようとしたのかな。男前だし」

何のつもりがあって、そんな噂を流したのかは確かに理由が分からない。だが、今歩が言えるのは、

「イケメン滅べ」

それだけだ。

「ひどいなぁ」

「弟の分際でさっさと兄の身長抜くとか、それだけでも大罪だからな」

本気ではない八つ当たりを口にして、お盆を手に歩は健太の部屋に向かった。

健太はベッドの上で背中を向けて不貞寝(ふてね)をしていた。

「おいおい、分かりやすく落ち込むなよ。飯食え」

そう言って歩がチャーハンを机に上に置くと、健太は背中を向けたまま、

「あーちゃん、なんで俺のこと信じてくれたわけ？　……速攻で殴られるか、相手に平謝りするかと思ってた」

健太が聞いた。それに歩はあっさり、

「おまえ、貧乳好きじゃん」

そう言った。

「貧乳好きって、なんでそんな…っ」

「ベッドの下に溜め込んでるエロ本、貧乳特集の号ばっかじゃねぇかよ。相手の女子、巨乳だったから違和感あったんだよな。まあ、学校で相手を見るまではやっちまったかって疑ってたけど」

「そもそも信じてなかったし…確信した理由がひでぇ……」

ため息交じりに健太が呟く。

「確信持ったのは犯行日時聞いた時だぞ。それまでは信じてなかったから、安心しろ」

「余計ひでぇ……」

「なんだよ、照れんなよ」

歩はそう言うとベッドに近づき、背中を向けたままの健太の頭をぐちゃぐちゃに撫でてやる。

「おまえのことなんか、生まれた時から見てんだ。女襲うとか、そんなことするわけないってことくらい、最初から分かってるっつーの」

そう言って、歩は健太の部屋を出ると、階下へ向かった。

リビングに入ると郁がソファーで傍らに章を座らせ、膝の上に瑞樹を抱いて二人に絵本を読んでいた。

「おー、二人とも起きてきたのか?」

歩が言うと、章はソファーからずり下りてテトテトと近づいてきた。

「あーちゃん、おかえりなさい。おなかすいた」

「ただいま。チャーハン食うか？」

「うん！」

元気に頷く章を抱き上げ、ダイニングの子供用チェアに座らせる。

「すぐ持ってくるから、待ってろ。郁ちゃん、瑞樹くんもミルク飲ませる？」

「ああ、そうする」

「分かった。準備する」

歩がそのままキッチンに入ろうとすると、郁は瑞樹をリビングにある瑞樹専用敷布団という名の座布団に寝かして、あとを追ってきた。

「瑞樹のミルクくらい、俺も準備できるよ」

「そりゃそっか」

ここに来るまで郁が瑞樹の世話をしていたのだから、それくらいは確かにできるだろう。

「二人とも、いつ起きてきた？」

並んでキッチンに立ち、歩が聞く。

「少し前だよ。様子を見に行ったら章くんが起きてて、しゃべってたら瑞樹がおむつ換えろって起きた」

「交換してくれたんだ？」

「ああ」

「ありがとう」

礼を言うと、郁が笑う。

「俺の子だし」

そう言われて、歩もつい笑った。

「そういや、そうだ」

「まあ、歩ちゃんを母親と勘違いしてそうだけどな、そろそろ」

郁はそう言ったあと、

「健太くん、様子どう？」

少し心配した様子で聞いた。

「んー、なんか不貞寝してたけど大丈夫だと思う。学校のほうは成輝兄ちゃんがやってくれるっていうから心配することなんか何もないし、俺はせいぜい飯の準備してやるくらい？」

首を傾げながら言うと、

「なら心配ないな。歩ちゃんのご飯はおいしいから」

郁はそう言うと、軽く歩の頭を撫で、できあがったミルクを持ってリビングに戻る。

歩は撫でられた頭に軽く手をやって、それからなぜか妙に恥ずかしくなった。

――いやいや、さっき健太に俺がやったのと同じだから！

胸のうちで、そう分析するが、その胸も妙な感じだ。

——ああ、もうほんと、違うから！

そう繰り返す歩の耳に、チャーハンを温めていた電子レンジが、ピーッと音を立てて終わりを告げた。

ちびーずの夕食は六時半から始まり、七時過ぎに終わる。その後、部活を終えて帰ってくる佑太や健太、そして歩の食事が始まるのだが、健太は夕食時になっても部屋から出てこなかった。

二階にあるトイレを使った音はしていたので心配しなければならないようなことにはなっていないので、歩もあえて様子を見に行くようなことはしなかった。

「まあ、おまえの高校にまで被害が飛んでくようなことにはなんないと思ってるけど、サッカー部系の交友関係からそういう噂聞くかもしんねーから、一応話しとく」

健太の事件について、佑太の耳には入れておくことにした。

佑太も『健太が女を襲ったって噂があって』と言った瞬間、『どこのガセネタスクープ？』と返してきたあたり、健太に対する認識は歩と一致している様子だ。

「分かった、まあ多分大丈夫だと思うけど……。でも、森下って同学年の副主将と付き合ってたけどなー、俺が卒業する時」

そう言って首を傾げる。

去年まで佑太も同じ中学、そして同じサッカー部にいたので、問題の女子生徒のことを知っていた。

「鞍替えでもするつもりだったんじゃね？　無駄にイケメンだから、健太」

「あー、確かにイケメンの無駄遣いだよな、あいつ」

認識を一致させ、歩と佑太は笑い合う。

「佑太くんも気をつけたほうがいいよ。佑太くんだってイケメンなんだから」

一緒に食事をしていた郁が言うと、

「あー、大丈夫。俺、熟女好きだから」

佑太は本気とも冗談ともつかないトーンでそう返してきた。

「……つっ込むべきかどうか、悩むわ、マジで」

歩がそう言った時、二階の部屋のドアが開閉する音がして、階段を下りてくる足音が聞こえた。

リビングを通ってダイニングに現れたのは健太だった。

「よぅ、イケメン。やっと起きてきたか。夕飯食うだろ？」

からかいながら歩が言うと、健太は頷いて自分の指定席に腰を下ろす。

いつもどおりに夕食を調えてやると、歩も自分の席に戻り食事の続きを再開した。

「あーちゃん、もうすぐ洗顔石鹸なくなるんだけど、今のじゃないのがいい」

佑太が思い出したように言う。

「どんなのがいいんだよ」

「どんなのって言われてもよく分かんないんだけど、今のは泡切れが悪いっていうか、いつまでもベタベタしてて気持ち悪い」

その訴えに歩はうーん、と少し考えたあと、

「郁ちゃん、あとで今使ってんの見て、それ以外でよさそうなの教えて」

あっさり郁に投げた。

「分かった……佑太くんの肌質見て、そこそこの値段でそこそこのもの紹介するよ」

「ありがと。ああ、そだ、ついでに健太の髪、切ってくれないかな」

「はぁ？　なんのついで？　洗顔石鹸の話がなんで俺の髪の毛の話に変わるわけ？　シャンプーなら分かるけど、全然関連性が分かんねぇ！」

突然話を振られた健太が抗議する。

「関連とかどうでもいいんだよ。とりあえず話ししてた時におまえの頭が目に入って、ウザいって思ったんだよ。いい加減伸びてきてるし、根元真っ黒でカラメルソース載ったプリンみてぇな色になってんだろうが」

歩が言うと、郁はじっと健太の顔を見た。

「……んー、黒に戻して、もうちょっと短くしたほうが似合うだろうね」

「似合おうとどうしようと絶対(ぜって)ぇ、ヤダ」

郁の言葉を健太は拒否するが、

「おー、なかなか勇気あるな。五分刈りでもいいって？」

その健太の言葉を、歩はガン無視する。

「だから、俺の話聞けよ！」

「うるせぇな。とにかくウゼェんだよ。だから切れ。本職がタダで切ってくれるって言ってくれてんだから」

問答無用の歩の言葉に、

「健太、諦めろ。どう頑張ったって、あーちゃんに勝てるわけねぇんだから」

佑太が笑いながら言う。

「ヒトゴトだと思いやがって」

「ヒトゴトだし？」

「マジでムカツク」

佑太の言葉に吐き捨てるように言った健太に、歩は静かな声で言った。

「郁ちゃんに切られるのが嫌なら俺が切ってやるけど？　切るっつーか剃るだけど。ひげ剃りで、そのまんまひと思いに」

極端な条件を出してくる時ほど、歩は本気だ。

これ以上逆らえば間違いなくやられる。

そう察した健太は郁を見た。

「……頼む」

「分かった。じゃあ、ご飯食べて一段落したら染めて、それから切ろうか」

郁の言葉に不承不承という様子で健太は頷いた。


歩たちが食事をしている間に結佳が入浴を終え、続いて食事を終えた佑太が義哉と章を連れて入浴をする。

その間に健太は髪を黒に染め戻されて、そして洗面所でカットされた。

そのまま入浴をし——今日は郁が瑞樹を入浴させるので一人で——、髪を乾かしたところで全員に新しい髪型のお披露目となった。

「いいじゃねぇか。前よか、イケメン度アップしてんぞ」

歩は手放しで褒める。

かなりバッサリと切られて短くなりすっきりとしたのだが、遊び心を残したカットで、適度に動きがある。

「前の茶髪の時は髪の色だけはチャラいんだけど、おまえの目つきの悪さのせいでどっちかっていうとチンピラって感じだったからなぁ」

相変わらず歩は容赦ないが、

「いいと思うわ。髪の色が茶色だった時はただのヤンキーみたいだったけど、今は格好いいお兄ちゃんって感じ」

辛口なコメントの多い結佳が、素直に褒めた。

「おー、結佳姫のデレいただきましたー！」

「デレじゃなくて、素直な感想よ？　だって格好いいもの」

歩の言葉に結佳はまったく表情を変えることなく、素直に言葉を重ねる。

だが褒められ慣れていない健太は、どう返していいか戸惑った様子で黙っていたが、まんざらでもない表情をしていた。

それに歩は少し笑いながら、今日は一日が長かったな、と波乱含みだった今日を振り返った。

5

翌日、健太は学校を休んだ。

朝、いつもどおりに起きてこなかったので起こしに行った——もちろん関節技をキメた——のだが、それでも行きたくないと言ったので、昨日の今日だし、あんなことがあったんだから行きづらいんだろうなと思って、不問にすることにした。

とはいえ、病気で欠席しているわけではないので、健太は労働力としてこき使うことにし、掃除や洗濯、子守りを手伝わせた。

「あー、今日は健太がいてくれてマジで助かったわ。義哉も章も健太兄ちゃんに遊んでもらえてよかったよなー?」

夕食後の団欒のひと時、歩がそう言うと、義哉と章も満面の笑みで頷く。

「うん！　たのしかった！」

「たのしかった！」

今も二人は健太の両脇を陣取っているが、健太はお疲れモードだ。

無理もない。

『動き始めたら電池が切れる寸前まで全力で遊び倒す』を地で行く三歳児と四歳児の相手を一日

中だ。

それも体力のあった午前中に、振り回したり、持ち上げたりと体を使ったスリルのある遊びをやってしまい、そのスリルの虜になった二人に一日中せがまれていたのだから、いくら部活動をこなす現役中学生といっても、疲れは相当あるはずだ。

「あーちゃん、強ぇはずだよな。毎日こんなの相手にしてんだから」

「一緒に遊ぶからだ。俺は一緒になって走り回ったりは、ほとんどしねぇからな」

歩があっさり言うと、

「そういうの、先に教えてくれよ……」

力なく健太は言ったが、その健太に容赦なく二人は、

「けんたにいちゃん、ぷろれすごっこー」

「ぷろれすごっこー」

とまだせがむ。

その光景に、一人用のソファーで膝に瑞樹を抱き女王然として座した結佳が、

「がんばってね、健太お兄ちゃん」

ニコリと笑って励ます。

「結佳、ここは義哉と章を止めてくれたほうが、ありがてぇんだぞ……」

健太はうなだれた。

そんなことを話していると、佑太が帰ってきて、食事をしているとさらに成輝が帰ってきた。

今日は仕事を早く終え、健太の学校へ今後の対応についての相談に行ってくれていたのだ。

「結佳、ちょっと俺ら話あるから、ちびさんたち見ててくれるか？」

歩が言うと結佳は頷いた。

「分かったわ。義哉、章くん、絵本を読みましょう」

結佳が声をかけると、義哉と章は健太の隣から離れて結佳の座しているソファーの周囲に腰を下ろす。

女王陛下としもべだな、などと思いつつ、歩は健太と一緒にダイニングに入り、リビングとの境のドアを閉める。

「とりあえず、健太は一週間の停学だ」

成輝の言葉に歩が目を見開く。

「え、なんで？　健太、被害者だろ？」

「その前に、学校をサボってゲームコーナーに行ってただろう。まずはその件で、だ」

「あー……それがあったか」

それは納得せざるを得なかった。

「まあ、怪我の功名だろう。そのサボりのおかげで女子生徒との件については、健太は関係がないと立証される見通しだ。相手の生徒がすべて話したらしいからな」

「成輝兄ちゃん、なんであんなことやったのか理由全部聞いてきた？」

歩の言葉に成輝は頷いた。

「ああ、彼女の交際相手がサッカー部の副主将なんだが、彼と健太はもともと同じポジションだったそうだな？」

確認を取るように健太と佑太を成輝は見る。

健太は黙って頷き、

「もともとってことは、梶浦（かじうら）…副主将、今はフォワードじゃねぇの？」

佑太が問う。

「ああ。健太がいるから希望ポジションではレギュラー入りできなくて、恨んでたらしい」

「恨むって、今のチームなら健太が実力は頭一つも二つも抜けてんだから、勝てると思ってるほうがおかしいし、恨むならもう一人の市ノ瀬（いちのせ）じゃねぇ？　つか、あれ？　レギュラーのフォワードって三人登録してねえの？」

佑太が首を傾げて健太を見る。

「いや、今も三人。俺と市ノ瀬先輩と結城（ゆうき）って俺と同い年でミッドフィルダーからポジ変した奴」

「結城、やっぱフォワードに移ったか。そっちのほうが向いてたもんな。だったら尚のこと、第三の男の結城を恨むほうが筋な気がすんだけど。市ノ瀬は梶浦と同学年だから対象外としても」

ますます不可解だという顔を佑太はする。それに成輝が、

「チャラチャラ遊んでるのにレギュラーなのが、腹が立った……らしいぞ」

　そう話し、納得する。

「それで、結局副主将は別のポジションに移ってレギュラーにはなったらしいが……試合でボールに触れる機会がほとんどなかったらしい。自分たちの卒業後、健太がエースとしてもてはやされて、高校進学もサッカーで推薦をもらうのかと思うと我慢ができないから、彼女に一芝居打てと命令したらしい。それを彼女も承諾したようだ」

　バカバカしい、といった様子で成輝が言った。

「その一芝居って、どんなシナリオだったわけ？」

　歩の問いに、成輝は一つため息をついた。

「健太を昼休みに部室に来るように呼び出しておいて、彼女は自分の服をカッターで破ってさも襲われましたという様子を作っておいたらしい。健太が部室に入ってきたら悲鳴を上げて、通りかかった生徒、まあ副主将が他の部員と来て現場を目撃――のはずだったようだ」

「なんだ、その少女漫画シナリオ」

　歩の言葉に成輝も苦笑いをする。

「それを学校で説明された俺の気持ち、分かるだろう？　まあ、待っていたが健太は来なくて、その間に副主将も健太が来たって連絡が彼女から来ないから動けなかったらしいんだが、間の悪いことに別の生徒が部室へ来たらしい。当然、服を破られた姿でいる彼女を見て、どうしたのか聞くよな？　で、シナリオどおりに健太のせいにした、と」

「うん、思った以上になんか脱力した」

「だが計画どおりに進んでたら、厄介なことになってたぞ。第三者に目撃させるってところまで設定してあったからな。そういう意味では悪質だ。たまたま今回は不発に終わったから助かったが」

　成輝はそう言って眉根を寄せる。

「まあ事実は、俺らは分かったけど、学校で噂になっちまってんだろ？　健太が女を襲ったって。出回った噂は回収できないじゃん」

「ああ。事件のあらましを全生徒に説明するように依頼はしてるが、学校側との調整がまだついてない。生徒の処分も、彼女は一ヶ月の停学になっているが親は転校させると言っているらしい。副主将のほうは昨日の今日で態度を決めるも何もできないだろうが、卒業までもう少しだし、不登校を決め込むかもしれないな」

　成輝はそう説明するが、歩はまだ納得できなかった。

「学校の外に出た噂は？　ラインとかツイッターとかでバーッて出ちまってるかもしれないじゃん、もう」

「そのあたりのことも学校と調整してる。学校のホームページのトップに説明文を載せてもらうつもりだが、噂が独り歩きして健太が嫌な思いをすることは少なからずあると思う。だから、そのあたりは大人の解決方法を取らせてもらうよ」

「成輝兄ちゃん、オブラートに包んだつもりかもだけど、大人の解決方法の中身が透けて見えて諭吉が乱舞してた」

佑太の言葉に、みんなで笑う。

「まあ、とりあえず今日の話はそういうことだ。進展があったら説明する」

成輝のその言葉で解散になり、リビングとの隔てを開放する。

その時、丁度郁が帰ってきた。

健太のことを心配してくれていて、成輝の姿を見ると健太のことで何か進展があったかと真っ先に聞き、別件で一週間の停学と聞かされて苦笑いをしていた。

「まあ、でも容疑は晴れそうでよかったよ」

そう言ったあと、

「それで、成輝さんと結佳ちゃんにお願いしたいことがあるんだけど、今話してもいいかな」

真面目な顔で切り出した。

成輝は頷き、絵本を読み聞かせていた結佳も読むのを一度やめて郁を見た。

「実は、結佳ちゃんにモデルを頼みたい仕事があって、引き受けてもらえないかと思って」

「モデル？」

「うん。明日なんだけど、予定してたモデルが水疱瘡でキャンセルになったんだ。代理を探したんだけどイメージに合う子がいないらしくて、知り合いに誰かいないかって聞かれて結佳ちゃんの写真を見せたんだ。瑞樹と遊んでくれてる時の写真、撮ってあったから。そしたら、ぜひ頼みたいって言われて」

その言葉に成輝は少し考えたあと、

「エロ目線的な格好のものじゃないだろうな」

まずそこを確認した。

「それは大丈夫。そんなに大きなとこじゃないんだけど、子供服を専門にやってきたブランドが服だけじゃなくて雑貨とか家具とか、そういうのもトータルプロデュースする新レーベルを立ち上げるんだ。それのイメージモデルの一人って感じ」

郁の説明に、

「父親としては、一度きりという条件ならかまわない。結佳、どうする？」

結佳の意思を聞く。それに対する結佳の返事は、

「いいわよ、一度だけなんでしょう？」

あっさりしたものだ。

モデルと聞いて舞い上がって喜ぶ人間もいるだろうが、結佳は幼い頃から、そういうところが薄い。

髪を綺麗に整えてもらったり、新しい服を買ってもらったりすると、そこはやはり女子なので

気持ちはアガるらしいのだが、自己満足の域を出ないらしく、それ以上、誰かに可愛いと言ってほしいとか、そういう感じにはならないようだ。

「よかった、助かるよ。ありがとう」

「どういたしまして。……何時からなの？」

「四時からだから……学校から直接来てもらうことになるかな。迎えに行くよ」

そう言った郁に、結佳は頭を横に振った。

「ううん、だいじょうぶ。歩ちゃん、来てくれるんでしょう？」

当然よね、といった様子で結佳は聞いた。

確かに、いかに結佳がしっかりしているといっても、やったことのないモデルなどという仕事をこなさなければならないのだから、心細さはあるだろう。

「あー、そっか。さすがに一人では行かせられないもんな」

とはいえ、瑞樹はもちろんのこと、義哉や章も連れていかねばならないだろう。スタジオで結佳の撮影中、待っていられるかどうか、はなはだ疑問だ。

「郁ちゃん、撮影ってどれくらいかかる？」

「んー、その時のいろんなコンディションにもよるけど、聞いてる内容だと三時間くらいじゃないかな」

「三時間か……。まあ瑞樹くんは仕方ないとして、義哉と章が大人しくしてられるかなぁ……」

あまり暴れたりして困らせるほうではないが、知らない場所に行った時の反応が怖い。

どうしたものかと思っていると、

「どうせ俺、家にいるし、義哉と章の世話くらい見れるけど」

そう申し出たのは停学が決定した健太だ。

「ああ、そっか。じゃあ頼むかな……けど撮影が順調に終わっても七時になるなら、飯は外で食ったほうが早いな」

考えた結果、

「じゃあ、健太、佑太が帰ってきたら二人連れて一緒にスタジオのほうへ来てくれよ。そんで一緒に飯食って帰ろうぜ」

ということが決定したのだった。

スタジオの中は外国の子供部屋のようなセットと、玉座が準備された城内のようなセットの二つが組まれていた。

「結佳ちゃん、いいねー。そのままちょっとあごを持ち上げて……視線だけ、少し下に…うん、いいよ、いいねー」

カメラマンが声をかけながら、玉座に座した結佳を撮影する。その結佳は繊細なレースで飾られた真っ白なシフォンのスリップドレスを纏い、「お姫様が深夜に玉座で遊んでいる」とでもいうような様子だ。

最初こそ要領が分からず、戸惑った様子の結佳だったが、すぐにいろいろなことを呑み込んで、撮影は順調な様子だ。

むしろ順調すぎて――ブランドの広報部員が結佳を見ていたく気に入り、『今回だけじゃなく、今後もこのシリーズの専属でお願いしたい』とまで言ってくれたのだが、

「思い出に一度だけ、というのならいいけれど、お仕事としてというのは、かんがえられないので。こうえいですが、ごめんなさい」

結佳はにっこり笑顔であっさり断った。

だがそれさえ、周囲からは絶賛されていた。

その撮影の最中、思ったよりも早く佑太と健太が章と義哉を連れてやってきた。

「あれ、随分早かったな。まだ六時前だぞ」

静かにスタジオ内に入ってきた四人に足早に歩は近づいた。

「俺、今日から期末試験一週間前で部活中止」

「え？　そうだっけ」

佑太の言葉に歩は首を傾げる。

「うん。俺も忘れてて、今日朝練行ったら誰も来てなくて、思い出した」

そう言って佑太は苦笑いをする。

その佑太に抱かれている義哉は目ざとく結佳の姿を見つけて、

「おねーちゃん」

指をさす。

それに佑太と健太が結佳を見て、

「うわー、結佳に玉座とか似合いすぎて笑えない」

「自宅の椅子ですけど感が半端ねぇな」

そんなことを言い合う。

そんな中、歩大好きの章は約三時間ぶりの逢瀬となる歩の脚にぎゅーっと抱きついて、頭を撫でられるとえへへーと嬉しそうに笑う。

「義哉と章、いい子にしてた？　あれから」

一緒に留守番をしてくれていた健太に問う。

「全力で遊んだからな。あーちゃんのことを思い出す暇を与えない勢いで。おかげでクタクタ」

「おう、お疲れ」

そう返した歩の後ろに健太は立つと、歩が抱っこひもで抱いている瑞樹を覗き込む。

「幸せそうな顔して寝てんなー」

「さっき、ミルク飲んで、おむつも換えたところだからな。まあ、郁が時々様子見に来るからご機嫌だよ。やっぱ親父の力ってすげぇんだな」

おかげで助かったよと笑う歩に、そのまま後ろから健太は抱きついた。

「じゃあ、次は俺を助けてよ。二日連続で全力で二人の相手してたら、マジで疲労困憊」

そのまま甘えかかってくる。

「若者が情けないこと言うなよ……重いっつーの」

そう返しながらも、健太が甘えかかってくるのは珍しいことでもないのでいつもどおり放置だ。

その歩の足元では相変わらず章が抱きつきながら結佳の撮影をガン見していて、歩の隣に立った佑太も義哉を抱き上げたままで結佳の撮影を見ている。

「結佳ってああしてるとプロのモデルみてぇ」

佑太がしみじみと呟く。

「まあ、成輝兄ちゃんの嫁さん美人だったし、成輝兄ちゃんもイケメンだし」

歩は義哉を見る。

「義哉もオトコマエになるぞー、きっと」

そう言ってほっぺたを触ってやると、義哉はえへへーと笑う。

「ちくしょう、可愛いなぁ」

歩の言葉に足元の章が、

「しょうは？　しょうはかわいー？」

見上げてそう聞いてくる。その様子がもはや可愛すぎてどうしようもない。

「おう、可愛いぞー。町内のアイドルだもんなー」

それは何の誇張でもなく、章はとにかく近所で可愛がられている。無論義哉もだが。二人を連れて地元の商店街に買い物に行けば、一日一ヶ所は必ず何かおまけをくれるのだ。

褒められた章は自分で聞いておいて照れくさいのか、歩の脚に顔を擦りつけている。

「それすらも可愛いっつーのな」

健太が笑う。

「おまえも小さい時は可愛かったのに……」

「今はイケメンになっちまって……って？　いいとこばっかじゃん」

「自分で言うところがムカツクわ。佑太、あとでこいつシメとけ」

歩の言葉に佑太は超いい笑顔で「了解」と返してくる。

そんな日常会話をしていると、撮影は休憩に入った様子で、玉座から下りた結佳が小走りで近づいてくる。

「おう、結佳お疲れ」

佑太が声をかけると、結佳はニコリと笑う。

「ううん、だいじょうぶ。楽しいから」

「まるでプロのモデルさんみたいじゃん。ちょっと化粧もしてもらって」

健太の言葉に、さっきスカウトされていたことを教えてやると、すげぇな、と佑太と健太は称賛したが、

「お仕事ってなると、またちがうと思うの。だから今回だけでじゅうぶんだわ」

やはり気持ちは変わらないらしい。

「もったいないねぇ」

佑太と健太が同時に呟き、佑太に抱っこされたままの義哉は結佳を見て、

「おねーちゃんきれい。おひめさまみたい」

素直な称賛を送り、

「うん、おひめさまみたい」

章も続ける。

それに結佳はニコリと笑った。

そんなふうに団欒をしていると、郁が撮影に参加していた雑誌社の小堀（こぼり）という人物を連れて近づいてきた。

四十歳過ぎくらいの女性で、今回、雑誌とコラボした雑貨も何点かあるらしく、そのために途

中から撮影を見学に来ていたのだ。

「話してるとこ、ごめん、ちょっといいかな」

郁が断りを入れる。

「何？」

もしかすると撮影時間が延びるとかそういうことなのかもしれないと思っていると、

「さっき歩ちゃんと結佳ちゃんには紹介したけど、雑誌社の小堀さん」

佑太と健太に紹介した。それを受けて小堀は二人に笑顔を向け、軽く会釈をした。

「初めまして、小堀です」

それに二人は、どうも、と頭を下げる。それを見たあと、郁が説明を始めた。

「小堀さんの雑誌の企画ページに、みんなに出てもらえないかって相談らしいんだけど」

「企画ページ、ですか？」

歩が問うと、小堀は説明を始めた。

「私が担当している別の雑誌があるんですが、そっちで車会社さんとコラボしたファミリー向けワゴン車があるんです。内装を家族向けにした特別仕様車なんですが、それの広告ページに出ていただけないかと思って」

「はあ……」

「拝見していたら、とても仲のいいご兄弟だし、小さなお子さんもいらっしゃって。そういう年齢層が違う家族全員で仲良くドライブとか、そういう雰囲気がとてもいいと思って」

小堀はそう言うが、

「何より見た目がいいっていうのが一番らしいよ」

郁が笑う。

「もう。そういう本音丸出しの部分をさらっとバラさないでください」

小堀も笑って言いながら、

「どうでしょうか？　考えていただけませんか？」

お伺いを立ててくる。

「……掲載される雑誌って、いわゆる奥様向けの雑誌ですよね？」

少し考え、歩が問う。

「ええ、そうです」

「兄弟と甥っ子姪っ子構成で、母親の存在感が皆無ですけど、うち。そこはいいんですか？」

奥様向け雑誌で、母親の存在が出てこないのははたしてOKなのだろうかと思う。が、

「主婦の部分をお兄様がしていらっしゃるので、そこはお兄様の魅力で充分カバーできます。もちろん、お母様役のモデルを添えることもできるんですけれど、最近はそういうのもすぐにネットでバレてしまいます。それならあるがままの形態のご家族で出ていただくほうがと思うんです」

小堀はそう言う。

だが、判断がつかない歩は、郁を見た。

「郁ちゃん、こういうのってどうなの？」

「質問内容がざっくりしすぎてるんだけど」

郁は苦笑する。

「いや、なんだろ？　判断基準がいまいち分かんないっていうか」

「そうだな…。中の事情として小堀さんはちょっと困ってる。一般的な母親と父親と子供何人かっていう家庭に『試しに乗ってもらいました』じゃ、見た人のインパクトが弱い。でも、それ以外でってなると手詰まりだし、モデル事務所から母親役、父親役って引っ張ってきても『寄せ集め家族』みたいな嘘くささが紙面を伝わっちゃうから避けたい。で、行き詰まってるとこで歩ちゃんたちを見てキタコレってなったって感じ」

ものすごく分かりやすい説明をされて納得していると、小堀も言葉を選ぶのはやめたのか、

「ぶっちゃけ、そうなんです。女性が女性を見る目線って厳しいっていうか……うらやましいが嫉妬に変わるみたいな。なので、もうぶっ飛んじゃった家族構成のほうが話題にもなるし。自分たちと全然違うからこそ、受け入れられるっていう感じで」

ぶっちゃけてきた。

「まあ俺たちでいいっていうのは理解できたんですけど、雑誌に載ったあと、弟やちびたちになんか影響出たらと思うと、ちょっと躊躇とは思って」

やっかみなどを受けることもないとは言えない。やはりそこが一番怖かった。だが、

「だいじょうぶじゃないかしら。パパがわたしに今回のお仕事をOKしたってことは、そのあたりに問題なしとかんがえたからだと思うし」

冷静に言ったのは結佳だ。

「あー、それもそっか。おまえのがガチで顔出しだもんな。集合写真じゃなくて」

そう言ってから、歩は、

「佑太と健太はどうしたい？」

佑太と、背中に張りついたままの健太に聞いた。二人とも『俺はどっちでも』という返事だ。

「ちびたちの父親にもちょっと聞いてみます。そっちの承諾が出たら引き受けさせていただくってことでいいですか？」

それに小堀は頷いた。

「じゃあ、ちょっと連絡取ります」

歩は携帯電話を取り出す。

歩が成輝と恭仁に連絡を取る間に、結佳の休憩時間は終わり、郁に簡単にメイクを直されて撮影に戻っていく。

今度は子供部屋のほうのセットを使っての撮影で、ベッドに寝そべったり、クマのぬいぐるみのおなかを枕にしてみたりしているが、表情一つで小悪魔のようだったり妖精のようだったり、

ああ女って怖いなと電話をしながら歩は思う。

成輝と恭仁からはすんなりとＯＫが出て、小堀の仕事を引き受けることが決まった。

「撮影そのものは少し先になりますので、詳しい日程なんかについては江島さんを通してお知らせということでよろしいですか？　当日江島さんにもスタッフとして入ってもらうことになっておりますので」

「はい、それでお願いします」

「ありがとうございます、承諾していただけて助かりました」

小堀は頭を下げると、郁のほうへと向かって歩いていく。

それを軽く見やって、歩は撮影中の結佳へと視線を戻す。

いつもより大人びて見える結佳に、こんなところを成輝が見たら、絶対嫁には出さないと言い出すんだろうな、と胸のうちで苦笑した。


それから一時間ほどで撮影は終わり、この日の郁の仕事もここで終了だったので、みんなでレストランへ夕食に出かけた。

レストランと言ってもファミリーレストランだ。

「先に言っとくけど、ドリンクバーとデザートの注文はアウトだからな」

という永山家の掟の下、全員メインだけで食事を終える。

食事を終えて外に出ると、

「俺、明日仕事休みだから、このまま瑞樹連れてマンションへ帰るよ」

瑞樹を抱いた郁が言った。

「あ、じゃあ俺もついてく。瑞樹の着替えとか確認してぇものあるから」

郁のところから何組か瑞樹の着替えは持ってきてもらっているが、サイズアウトしてきたものもちょこちょこある。

それに、瑞樹が郁と二人でどういうところに住んでいるのか確認もしておきたかった。

「佑太、健太。悪いけどみんな連れて帰ってくれる？」

歩の言葉に健太は返事をしなかったが、佑太は分かったと返し、章は泣き出しそうな顔で歩を見た。

「あーちゃん…いっしょにただいましないの？」

「ちょっと寄り道するから、遅くなるだけ。ごめんな、章」

膝を折り、章の顔をまっすぐに見て歩は謝る。

それでも章は納得しなさそうな気配だったが、

「章くん、今日はモンスーンの日よ。おうちに帰ってろくがしたのを見なきゃ」

歩に助け船を出したのは結佳だ。

大好きなアニメを引き合いに出されて章はジレンマに陥ったが、

「あーちゃん、すぐかえってくる？」

「うん、帰るよ」

「ほんとに、すぐかえってね」

どうやらアニメを見るほうに天秤は傾いたらしい。

またあとでな、と言って章の頭を撫でてやり、歩は郁と瑞樹と一緒に、郁のマンションへ向かった。

郁のマンションは真新しいファミリー向けの３ＬＤＫだった。
結婚するにあたって引っ越したらしいのだが、結局ここでの新婚生活は少しの間だけで終わり、最近では瑞樹はほとんど永山家だし、郁もマンションと永山家半々になっているため、生活感がほとんどなかった。
郁が入浴をしている間に瑞樹を再び抱っこひもで抱っこをしながら、服や下着類の選別をする。

「子供はすぐでかくなるからなぁ……」

初めての子供のものはすべてを一から揃えることになるが、子供の間はすぐにサイズアウトしてしまうので、去年の冬物を来年もと言うわけにはいかず、かなり不経済だ。

とはいえ少ない数で使い回すのも、よく汚すのでできない。

なのでそこそこ数も必要になってくるのだ。

「普段着は義哉と章のお下がりでいいか、あとで聞くか」

今は、別れた嫁が買っていたという服を着せているのだが、小さくなってきたものが多い上に、冬物はあとで買い足すつもりだったらしく――当然別れる前は冬物など出回っている時季ではなかったので――本格的な冬物がないのだ。

とりあえず今は、外に出る時に章の服を一枚上から重ねたりしていた。

部屋のタンスの整理が終わる頃、瑞樹が眠っていたので起こさないようにそっとベビーベッドに寝かしつける。

最初の頃は寝かしつけようと布団に置いた途端に起きて泣き出したりしたが、最近ではそんなことも滅多にない。

「瑞樹、いい子でおやすみ」

そう声をかけて歩は子供部屋を出ると、次はキッチンに向かった。

お湯を沸かす以外の用途ではほとんど使われていなさそうなキッチンで、ミルクやレトルトの離乳食の在庫や消費期限を確認していると、郁が風呂から上がってきた。

「瑞樹、寝た？」

スウェットの上下を着て、髪の水気をタオルで取りながら郁が聞いてくる。

「うん、ついさっきねー。郁ちゃん、瑞樹の冬服だけどさぁ」

そう声をかけた時、不意に後ろから郁が抱きしめてきた。

「なーにー？　また充電？」

二度目ともなれば慌てることもなく、在庫確認の手を止めずに聞く。だが、

「好きだ」

耳元で囁く本気のトーンの声に、歩の手が止まった。

「……え…、またまた、そんなマジトーンの声で」

そう言ったものの、歩は激しく動揺していた。だが、それを悟られまいと必死にうわべを取り繕って言ったのだが、郁は抱きしめる腕の力を強めた。

「本気だよ。歩ちゃんのことが好きだ」

言い重ねられて歩の頭が完全にパニックに陥った。

「郁ちゃん。えっと、その……」

「昔から、好きだった。すごい可愛くて、懐いてくれてるのが嬉しくて、恭仁がうらやましかった。けど、それは弟みたいだからだと思ってたんだ。……歩ちゃんが小学校の時に、大人のと形

が違うって俺に聞きに来た時も、男同士ならギリＯＫだろうと思ってた」

あの時のことを口に出されて、歩の頭のてっぺんまで羞恥が走り抜ける。

「あれは……っ…なんか、兄ちゃんたちに聞くのも恥ずかしくて…」

「うん、分かってる。兄弟だから聞きづらいことがあるってことは。だから俺のところへ来たんだってことも。俺もあの時は多少やましい気持ちがあったって言っても……勘違いじゃないけど、弟みたいに可愛がってる歩が相手だったからって思ってた。けど……久しぶりに会って、そうじゃないって分かった」

信じられないくらい心臓がバクバクしていて、頭に血が上りすぎて、クラクラする。だが、そんな歩に郁は追い打ちをかける。

「この前の夜…こうやって充電してた時も、多分健太くんが来なかったらヤバかった」

どう返していいか分からなくて、歩は言葉が出なかった。そんな歩に自嘲めいた声で、

「こういうの、気持ち悪い？」

そう聞かれても答えられなくて、黙ったままの歩に郁は続けた。

「会社を辞めた理由が、セクハラを受けて耐えられなくなったからだって恭仁から聞いてたから、焦らないつもりだった。けど、健太くんの様子を見てたらグズグズしてたらヤバい気がして」

「ヤバいって、あいつは単に末っ子気質で甘えてるだけで……」

「歩ちゃんは、健太くんを弟としてしか見てないからそう見えるだけで、俺に対しては半端なく

プレッシャーかけてきてるよ。思い出したら義哉くんや章くんくらいの頃からすごい目で睨んできてたし、歩ちゃんと一緒にいたら間に割って入ろうとしてきてた。サンドイッチされたいのかと思ってたけど、違うって今なら分かる。兄弟じゃなかったら押し倒してる。っていうかそのうち押し倒そうとしてると思う」

「いやいやいやいや、そんなわけないって」

というか、そんなわけがあってほしくなくて、歩は何とか言葉を振り絞った。そんな歩に、郁は改めて告白してきて、そのまま首筋に口づけてきた。

「歩ちゃんがそう思ってるなら、それでかまわない。でも、俺が歩ちゃんを好きなのは本気だから」

「ひゃ……っ」

その感触に歩は腰が砕けて、そのまま座り込む。そんな歩を郁は床に押し倒し、見下ろしながら言った。

「嫌なら、逃げてくれ」

そう言った郁は、今まで見たことがないような顔をしていた。

優しいお兄ちゃんのような隣人でも、瑞樹の優しいパパでもない、男の顔だ。

その表情に歩は少しも動けなかった。

そんな歩に郁は一瞬苦い顔をしたあと、ゆっくりと口づけてきた。

唇が重なって、口腔に舌が入り込んでくる。その生々しさにただでさえ意識が破裂しそうになっている歩は完全なパニックに陥ってどうしていいか分からなくなる。

郁の手が服の裾から入ってきて脇腹に直に触れた。その手がゆっくりと這い上がり胸へと届いた時、作業の邪魔になってリビングのテーブルの上に置いていた歩の携帯電話が着信音を響かせ、その音に歩は体を震わせる。

「……っ…」

歩が身じろいだ拍子に唇が離れる。だが、どうしていいか分からないで固まっていると、郁がゆっくりと上からどいた。

「電話…出たほうがいいんじゃない？」

その声にはどこか苦いものが含まれていたが、歩は体を起こすとリビングまで這っていった。情けないことに立てる気がしなかったからだ。

リビングに辿り着く前に着信音は止まってしまったが、履歴を見ると佑太からで、すぐにかけ直した。

「佑太？　悪い、別の部屋に携帯置いてた。なんかあったか？」

いつもどおりの声でありますようにと、祈るような気持ちで歩は言う。

『んー、何時頃帰ってくんのかと思って』

「章が駄々こねてる？」

『いや、昼間健太が散々遊ばせてくれてたから、テレビ見てる途中で二人とも沈没した。そんで

そのまんま成輝兄ちゃんと恭仁兄ちゃんに渡した』

佑太の言葉に歩は少しほっとする。

「そっか、お疲れ。……俺、もうちょっと遅くなる。瑞樹がグズっちまって。もしかしたら帰れねぇかも」

気がついたら、そんな嘘をついていた。

『あー、もしかして携帯の音で起こしちまった？』

「いや、別の部屋に置いてたから大丈夫。でも、まだ寝てくれてねぇから……」

『分かった。じゃあ、もう鍵かけて寝る。あーちゃん、家の鍵は持ってるよね？』

「おう、持ってる。悪いな、戸締まり頼む、じゃあな、おやすみ」

そう言って瑞樹は電話を切る。

「……今の返事、ＯＫだと思っていいの？」

すぐそばに腰を下ろしていた郁が聞いた。

それに歩は少し間を置き、俯きながら口を開く。

「ＯＫかどうかは微妙だけど……このまま帰ったら後々気まずいっていうか……」

その言葉に郁は少しの間、考えるような表情で黙った。そして、

「どっちにしろ気まずくなるなら……ごめん、とりあえず既成事実作ることにするわ、俺」

そう言うと、改めて歩に口づけた。

甘く優しい口づけは簡単に歩の意識を攫ってしまい、気がつけばラグの上に押し倒されていた。

郁の手がさっきと同じように服の裾から入り込んできて脇腹を直に撫でる。

その感触に肌が粟立ったが、郁の手は止まることなく這い上がり胸へと伸びた。そして申し訳程度に存在を主張する尖りを指先で捕らえる。

「……っ…あ」

のけぞった瞬間、唇が離れて歩の唇から漏れたのは、誰の声？　と思うような甘いものだった。

「痛かった？」

問う郁の声に歩は耳まで熱くなるのを感じた。きっと顔だって真っ赤になっているのだろう。

「…そうじゃないけど……びっくりして…」

歩のその言葉に、郁は少し考えるような顔をしてから聞いた。

「歩ちゃん、童貞…ってことないよね？」

「か…おる、ちゃん？」

この状況で急にそれを聞くのかと歩の眉根が寄る。

「え？　まさか？」

「違っ…それはない、それこそまさか」

歩は否定する。

童貞ではない。

経験数は圧倒的に少ないが、少なくとも童貞ではない。

歩のその返事に、郁は複雑そうな顔をした。

「なんかほっとしたような、残念なような……」

「意味、分かんねえんだけど」

「いや、なんていうか……初めてが男だったらさすがに申し訳ないなって思ったり、でも初めてが俺だったら嬉しいなって思ったり？」

郁はそう言ったあと、

「あー、けどさすがに男とは初めてだよね？」

そう聞いてくる。

「普通、そういうこと聞く？」

「……今までの相手には聞いたことないよ。別にそういうこだわりなかったし。けど、歩は別かなぁ」

「…男とは郁ちゃんが初めてだし、女とだってひとけたくらいの回数しか経験ねぇよ」

ヤケクソになって暴露する。そんな歩に、

「あー、ヤバい。可愛すぎて絶対無茶する、俺」

郁はそんなことを言う。

「無茶って……」

「できるだけ、自制するように努力はするけど……、あ、理性利いてるうちに歩ちゃんに服脱いでもらっとかないと……」

郁はそう言うと歩の服を脱がせ始めた。

自分で脱ぐと言ったのだが、脱がせる楽しみっていうのがあるんだよなんて笑顔で言われて、体を起こすこともさせてもらえず。ただ万歳しろだの少し背中を上げてだの、腰を上げてだの、そういう指示に従うしかなかった。

そのほうが自分で脱ぐよりもはるかに恥ずかしくて、すっかり脱がされたあと『郁ちゃんは？』と問う間もなく再び口づけられる。

それと同時に素肌に手が這わされて、これからそういうことをするのだと頭で理解はしていても心が落ち着かなくて、体が震えた。

それでも、嫌だとは思わなかった。

郁の手が胸を撫で回してくる。

男の胸なんて、性的な意味では魅力なんか何もないと思う。だから、そういうふうにされると、ただただ恥ずかしい。

恥ずかしいのと同時にくすぐったくて、どう反応していいのか分からなくなる。

「……どうしたの？」

ほんの少し唇を離して、郁が問う。

「くすぐったくて……」

「くすぐったいだけ？」

「…だけだけど……？」

歩の返事に郁は少し考えるような顔をしたが、

「まあ、しょうがないか」

そう呟いて、また口づけてくる。

しょうがないと言われても、男の胸をそもそもどうしたいのかと思った時、郁の手が胸からそっと脇腹を伝って下肢へと向かった。

そして、緩く反応をし始めていた歩自身を直に捕らえると、ゆっくりとした動きで扱き始める。

「……！」

人にされたことは、ない。

ひとけたくらいの回数の性経験は四捨五入すれば捨てられるほうの回数で、それも至って普通のものだった。

他人の手が触れているというだけでも歩にとってはとんでもない刺激なのに、口腔を舐め回す舌の動きはことさら淫猥になり、歩はどうしていいのか分からなかった。

その不慣れさを簡単に見て取った郁は唇を離すと、そのまま耳元に唇を寄せる。

「息しないと…死んじゃうよ？」

タイミングが分からなくて、息を止めていたことを見抜かれていた恥ずかしさに歩はいたたまれなくなる。

だが、そのいたたまれなさに包まれるより先に、歩は甘い声を上げた。

「ゃ……っぅ、あ、あ」

郁が歩自身の先端に押し当てた指の腹を、弄ぶようにして蠢かしたからだ。

「可愛い声……。昔もさ…ホントはこんなふうにしたかった」

耳に唇を押し当てたままで郁は話す。言葉とともに耳の中に吹き込まれるような息に、歩の背中をぞわりとした感触が駆け抜けていく。

「持ってたローションで濡らして、痛くないようにってしたけど、やっぱりすごくつらそうで……そのあとで剝けた先端をこんなふうにいっぱい…」

小学生の頃のあれが、まるでついこの間のことのように脳裏に蘇る。

郁の手で剝かれた自身が、まるでなんだか違うもののようでしばらく茫然としていた。そんな歩に郁は手を伸ばして……教えられたのだ、自慰を。

「かお…る……っ」

「あの時は触るのも怖いって感じだったからできなかったけど……あれから、教えたとおりにした?」

「……っ…ん、なの…」

「言えない？　でもシたんでしょ？　聞いただけでここビクビクしてるし……」

言いながら、郁の手がことさら淫らに動き出す。

「ぁあっ、あ……っ、だめ、あ、あっ」

一番弱い先端を嬲られて、蜜がトロトロと溢れ出す。

そのすべりを借りて、さらにいやらしい動きで郁の手は歩を追い詰めていく。

「ふ……っあ、あ、だめ、も……っ」

「イっちゃいそう？　だったらイっていいよ」

郁はそう言うと、歩自身を嬲る手の動きはそのままで体を起こした。

だが、その意味が分からないまま、歩は郁の手で絶頂へ導かれる。

「……っあ、あ、ああっ」

腰が跳ねて、歩は耐えきれず蜜を放つ。郁は蜜を絞り取るようにして手を動かし続けてきて、達している最中の刺激に歩はひたすら悶える。

「や…っ…だ、も…、やっ、あ、あっ」

「ヤバい……想像以上にエロい、歩ちゃんのイってるとこ」

その言葉に、歩は、え？　と目を開いた。

そこには微笑ましいものでも見るような表情で郁が自分を見ていた。

体を起こしたのは、そのためだったのだと気づいた瞬間、頭のてっぺんまで突き抜けるような恥ずかしさが湧き起こって、歩は両手で顔を隠す。

「隠しても、もう遅いよ」

笑って言いながら、郁は手の上から歩の額あたりに口づけ、歩が放った蜜で濡れた指をそのまま後ろへと伸ばした。

そして窄まったままの後ろの蕾へと押し当てる。

「え……っ?」

指の行き当たった先に、歩は片手をどかせて郁を見た。

「かおる…ちゃん……?」

「ごめん。挿れないって選択肢もあるんだけど……そこはやっぱりさ」

男同士のセックスでどこを使うのかなんていうのは、実践知識はないが猥談レベルの知識ならある。

知識はあるが、あったからといってどうにかなる問題じゃない。

「……無理…じゃないの?」

「あー……無理ってわけでも、ない。男とは経験ないけど、まあこっちを使ったことがないわけじゃないから……ちゃんと慣らせば、大丈夫」

爛れた過去の経験値が漏れ出ている郁の言葉に、気分が悪くなるということもなく、経験者ならテンパることもないのかななんて思う自分がいて、正直ちょっと呆れた。

「無理そうならしないから……試してみていい？」

下手に出た郁の言葉に歩は小さく頷く。

「ありがと……、じゃあ、息吐いて…」

言われたまま息を吐くと、指が一本中に入り込んできた。

「う…わ……」

「痛い？」

問う声に、歩は頭を横に振る。

実際に痛みがあるわけではなかった。

驚きと違和感があるだけだ。

「ちょっと動かすよ」

その言葉と同時に中で指がゆっくりと動き出す。

正直に言うと頭に中には『うわ！』という驚きというか、起きていることについていけないという感覚くらいしかない。

つまりは、頭が静かにパニックになっていたのだ。

そんな静かなパニックの中、不意に郁の指が体の中のある部分をかすめた。

「あ……っ」

思いがけず漏れた声は、甘かった。

「んー、ここかな」

郁の言葉とともにその場所を強くなぞられて、体の奥から湧き起こった悦楽に歩は大きく体を震わせた。

「ぁ！　あ……何、やっ、あ、あ」

「前立腺って言って、男でも気持ちよくなれる場所。風俗とかに行くと、そういうサービスがあるらしいよ」

説明する間も郁の手は止まらず、その場所を延々擦り続ける。

「や…ぅ…、あっ、あっ」

「気持ちのよさには個人差があるらしいってネットには書いてあったけど、歩ちゃんは感じやすいみたいでよかった」

「ネット…っ……て、や、ダメ、そんな強…ぃ……やぁっ、あ！」

体を嵐のように駆け巡る快感に翻弄(ほんろう)される歩に、郁は二本目の指を予告もなく入り込ませる。

急に増えた指に、歩の声音には非難めいたものが混じったが、痛みを感じたわけではなかった。

ただ、圧迫感に眉根が寄る。

それでも、増えた指によって与えられる悦楽のせいで、体に力が入っているのかそうでないのかすら分からなかった。

「ネットでいろいろ調べたんだよ。歩ちゃんとできるってことになった時に、ちゃんと気持ちよくなってほしかったから。最初がつらいだけだったら、その次のチャンス自体ないだろうし」

そんなことを楽しげに郁は言うが、その言葉の半分も歩には理解できなかった。

体を襲う悦楽が強すぎて。

「もう……っ…そこ、や…だ……、あっ、ああっ」

「でも、気持ちいいよね？　前も、すごいことになってるよ。触ってないのに、トロトロになってる」

郁はそう言うと、完全に勃ち上がり新たな蜜を零(こぼ)している歩自身をもう片方の指先でそっと撫で上げた。

「ああっ！」

「……っ…すごいイイ声…理性崩壊する……」

そんなことを言われても、自分がどんな声を出しているかなんて認識すらできない。

ただひたすら気持ちがよくて仕方がなかった。

そのうち郁の指が浅い場所だけではなく奥まで入り込んできて、中を広げるように螺旋(らせん)を描きながら抽挿を繰り返す。

違和感は拭えないものの、悦楽に蕩(とろ)けた歩の体は簡単に郁の思うままに反応した。

「ん…っ…あ、あ」

いつの間にか三本になっていた指が、それぞれバラバラに動いて歩の中を弄ぶ。

気まぐれのように入口近くの浅い場所に触れられて、甘ったるい声を上げるはめになったが、声を上げていることにさえ、もう気づく余裕がなかった。

「もう、そろそろ大丈夫…かな」

郁は頃合いを見計らうようにして、ゆっくりと指を引き抜き始める。

それを引きとめるようにして窄まる内壁に、郁は苦笑した。

「歩ちゃん…ちょっと力抜いて……?」

そんなふうに言われてもどうすればいいのかが分からなくて、歩は小さく頭を横に振る。

「仕方ないなぁ」

そう言う声もどこか楽しげだ。

郁は絡みつくような動きを見せる内壁を振りきって指を引き抜いた。

「……っあ…、あ」

中を満たしてくれるものを失くして、歩は眉根を寄せる。

そんな歩の体を郁はゆっくりと抱き起こすと、

「反対向ける?　うつ伏せじゃないけど……ソファーの座面に上半身預けるみたいな感じ」

そう聞いた。

求められている姿勢がいまいちよく分からなかったが、背後にあるソファーのほうへと向き直り、腕を乗せる。

「うん、そう……そのまま腰上げて……」

郁は歩の腰を摑んで持ち上げた。

必然、歩の胸から上が、ソファーの座面に乗る形になった。

その体勢はひどくいやらしいものだったが、それに気づく余裕すら歩にはなく、体に覚え込まされた悦楽が途切れたことに焦れ始めていた。

「かお…る…ちゃん……」

「うん、分かってる。ちょっと待って」

郁はそう言うと自身のスウェットを下着ごと引き下ろした。

そして完全に熱を孕(はら)みきっている自身の先端を歩の後ろへと押し当てる。

「……っ…あ」

「力、抜いてて」

言葉とともに、ゆっくりと郁が体の中へと入り込んでくる。

「あ……あ、あっ」

「大丈夫、キツいけどうまく呑み込めていってる」

郁はあやすように歩の肩口に口づけながら、自身をすべて収めきる。

「歩ちゃん……大丈夫？」

「……ん…」

問われても、返事をすることすら怖いくらい、体の中がいっぱいだった。

「しばらくじっとしてるから」

郁はそう言うと手を前に回して、歩自身を手に収める。

挿入への恐怖からか少し力を失くしていたが、郁が柔らかく刺激を与えるとすぐに熱を取り戻し、それと同時に前からの悦楽で再び歩の体が蕩け始めた。

「…っふ…あ、あ」

「気持ちよくなってきた？」

「……わかんな…っ…や、あっ」

埋め込まれていたそれがゆっくりと、内壁を擦りながら出ていく。その感触に、知らずのうちに声が漏れた。

「あ……ぁ…、あ…」

「好きなところ、してあげるから……」

郁はそう言うと浅い場所まで自身を引き抜き、指で暴きたてた歩の弱い場所を狙いすまして自身の先端で引っかけるようにして擦り立てた。

「ひ…っ…あ……！　あ、ああっ」

途端に走り抜ける悦楽に歩の体ががくがくと震えて、中の郁を締めつける。

「キツ……っ」

そう言いながらも郁はしっかりと歩の腰を摑むと、乱暴に思えるほどの強さで細かな幅での抽挿を繰り返しながら、歩の腰を左右に揺らす。

「ああっ、あ……っ、だめ…や、ぅあ、あっ」

「すごい気持ちよさそう……」

うねる歩の背中を見下ろしながら、郁は少しずつ抽挿を深いものへと変えていく。そしてほどなく、それは体の最奥から浅い場所までを穿(うが)つものへと変わっていた。

「や……っあ！　あ、だめ、ああっ、あ」

深い場所を犯されると息が詰まりそうになるのに、浅い場所まで引き抜かれると物足りなさに肉襞がざわめくのが分かる。

そして再び突き入れられた時には、体中に快感が弾けて、頭が白くなる。

「ナカ…すごいうねってる…、ヤバいな、先に持ってかれそう」

苦笑交じりの言葉とともに、郁は歩自身を再び手に収めると扱き始めた。

「だめ……っ…ああ！　あ、出…る……っ、あ、あ！」

体の中と自身の両方に刺激を与えられて、歩はあっという間に絶頂へと駆けのぼる。

「い……っ…あ、あああ！　あっあ……ぁっ」

腰が悶えるように震え、歩は達した。

それに合わせるようにしてきつく窄まる歩の中を強い動きで抽挿を繰り返し、ひときわ奥まで

自身をねじ込んだ郁は、そこで熱をぶちまけた。

「っ」

「や……ぁ…、あっ！　あ」

体の中で溢れ返る熱の感触に歩は目を見開き、唇をわななかせたあと、完全に力を失くしてソファーの座面に顔をうずめる。

「……歩ちゃん…？」

気遣わしげな郁の声が耳郭を撫でる。

だが、その声に返事をする余裕さえないまま、歩は急速に訪れた白い闇に呑み込まれた。

6

「じゃあ、義哉、いってらっしゃい」

幼稚園バスに乗り込む義哉に声をかける。

義哉はいつもの席に座ると窓から手を振ってきて、それに章と一緒に手を振って送り出した。

今朝、歩は全員が起きる前に家に帰ってきて、弁当作り、朝食作りをこなし、通園通学組全員――といっても健太は停学中なのでまだ家で寝ているが――の送り出しを完了した。

とはいえ、いつもどおりの動きとはいかず、作業に遅れが生じがちだ。

それでも、健太が学校に行かない分、朝から関節技をキメて起こすという手間もなければ、瑞樹もいないからミルクとおむつの作業もないので比較的楽だ。

「あーちゃん、だっこして」

園バスの停留所からの帰り道、章がせがんでくる。

いつもなら、はいはい、と二つ返事なのだが今日は無理で、

「ごめんな、今日、腰痛くて無理なんだ。そん代わり家に帰ったらソファーで抱っこしてやるから、我慢してくれるか？」

章にそう言わねばならなかった。

幸い、章はすんなり聞き入れてくれ、手を繋いで家に帰る。

家に戻って真っ先に、洗濯機に洗濯物を詰め込んでスイッチを押し、約束どおりにソファーで一息つきながら章を膝の上に抱っこしてやり、絵本タイムだ。

洗濯機が止まるまでそうやってベッタリ一緒にいて、洗濯機が止まると章にソファーで待つように伝え、二回転目の準備と一回転目の干す作業に入る。

そうしていると玄関のドアが開く音が聞こえ、

「おはようございます」

続いて郁の声がした。

その声だけで、歩の心臓がとんでもない勢いで動き始めて、昨夜触れられた感触が蘇って体が震える。

——落ち着け、落ち着け俺！！！！

何とかして平静を保とうと深呼吸をしてから、作業を中断してリビングに一度戻る。

いちいち玄関まで迎えに出るのが面倒だから、勝手に入ってほしい、と最初の頃に言い渡してあるので、郁は瑞樹と一緒にリビングのソファーで章の隣に座していた。

「おはよう、郁ちゃん」

歩が姿を見せると郁はほっとした顔を見せた。

「おはよう」

「俺、洗濯物とか残ってるから、章のこと頼める？」

「分かった。章くん、歩ちゃんのお仕事の間、俺と遊んで？」

郁が声をかけると、章は頷いて、お気に入りの絵本を差し出す。

それを見て、歩は洗濯物を片づけに戻った。

いつもより動きが鈍いとはいえ、体に沁み込んだルーティンワークは淡々とこなされ、二回目の洗濯物を干し終えたのは、いつもより十分ほど遅い時間なだけだった。

いつもならここでリビングのソファーでくつろぐのだが、リビングには郁がいる。

嫌なわけではないが、なんとなく郁のそばにいるのが恥ずかしくて、歩はキッチンに入ってかなり早めの昼食準備を始めた。

三十分ほどした頃に健太が起きてきたのだが、

「寝起きに見たくねぇ顔見たわ。なんで来てんの？　あいつ今日休みなんだろ？　あーちゃんに面倒見てもらいに来てんじゃねぇよ」

とあからさまに不愉快だという表情で文句をブーたれる。

「停学中ったって授業開始時間には起きてなきゃいけないのに、なんでおまえ堂々と十時過ぎまで寝てんの？　舐めてんの？　そんなに毎日関節キメられたいの？」

歩は健太の口調を真似して返しながら、もうすぐ昼飯だからこれで我慢してろ、と朝食の残りを差し出す。

「だってさー、二日連続で、義哉と章の相手を全力でしたら疲れんだもん。なんなの、あいつらの無尽蔵な体力。一時間の昼寝で体力満タンって、怖ぇわ」

「若さの勝利だよな」

苦笑いをしながら、歩は昼食の準備を続ける。

量が少なかったので健太はすぐに食べ終え、食器を流しに下げるついでに後ろから抱きついて歩の作業を覗き込む。

「何作ってんのー？」

「昼飯。いろいろ中途半端に残ってる食材あるから、冷蔵庫の掃除も兼ねて適当に」

「ふーん。なんか手伝う？」

いつもの甘え方なのに、昨日郁から健太が自分に対してそういう意味合いの感情を持っていると聞いてしまったせいで、妙に意識してしまって落ち着かなくなる。

「別に手伝ってもらうほどのモンはねぇから、勉強してこい。おまえ、停学明けたらすぐ期末試験だろ？」

そう言ったが、

「それはヤだ」

健太は勉強を拒否して、リビングへ向かった。

その途端リビングからは殺伐とした空気が漂ってきた気がしたが、歩はとりあえず無視をして昼食作りに励んだ。

　昼食後、章の散歩に全員で出かけた。

　行き先は徒歩五分のところにある公園で、歩も小さい頃にはよく遊びに来た場所だ。

　遊具は色を塗りかえられたり、一部入れ替えられたりしているが、おおむね昔と変わりがない。

　そこで章は健太に遊んでもらい、歩は郁と一緒にベンチに腰かけてその様子を眺める。

　——この距離感、ヤベぇ……。

　拳一つ分空けて、隣。

　それは普段と大差ない距離感なのに、妙に近い気がして意識してしまう。

　意識するあまり、歩はずっと郁をまともに見られないし、会話もほとんどできていなかった。

　話題を提供してくれそうな瑞樹もベビーカーでうとうとしていて、歩は逃げ道を塞がれた気分になる。

　そのまま黙っていると、

「体の調子、どう？」

　郁が聞いてきた。

　朝、郁の隣で、ほぼ抱きしめられた状態で目が覚めた時、歩は腰の…というかそのさらに下というか中というか…の痛みがひどくて痛み止めを飲んだ。

それが少し収まってから家に戻って家事をこなし、昼食後もこっそり飲んだ。

「…大丈夫。いつもどおりってわけにいかないけど」

一応そう返したが、すぐに、

「怒ってる?」

と続けられた。

「別に、怒ってないよ」

返す歩に、

「でも、顔を見てくれないよね」

郁はそうまた返してきて、歩は少し困ったように眉根を寄せてちょっとだけ郁を見る。

「……普通に恥ずかしいだけ」

「じゃあ、俺のこと嫌いじゃない?」

「嫌いだったら、一緒に公園とか来てないし」

歩がそう返事をすると、郁は嬉しそうに笑った。

「ああいうことしちゃったけどさ、ちゃんとした同意を得たわけじゃないってことも、分かってるから……歩ちゃんの様子見ててさ、後悔してたりするのかなとか、いろいろグルグル悩んでた」

郁の言葉に、歩は小さくごめん、と謝る。

「嫌いとか、ホントそういうんじゃないんだ。どう言えばいいのか分かんねぇんだけど、とにかくなんか落ち着かなくて」

歩がそう言った時、章がテトテトと走って近づいてきた。

「章、どした?」

「あのね、けんたおにーちゃんがね、かおるおじちゃんにあそぼっていってこいって」

分かりやすい牽制だなということはすぐに察せた。

「ご指名もらったら行かないわけにいかないな」

苦笑して郁は立ち上がり、章と一緒に健太のもとへと向かう。

章を中心に遊び始めるその様子を歩はただじっと見つめた。


公園帰りに園バスの停留所に寄り、帰ってきた義哉を連れて帰宅すると、結佳がすでに帰ってきていた。

「ただいま、結佳。ごめんな、留守にしてて」

手洗いとうがいを終え、リビングの一人がけソファーに座し、お気に入りのカップで紅茶を飲んでくつろいでいるところだった結佳に声をかける。

「五分ほど前に帰ってきただけよ。みんなで義哉のお迎えだったの?」

「いや、昼飯のあと、公園へ散歩に行って、いい時間になったからその足で迎えに行ったから結果的にそうなったってだけ」

その説明に結佳は納得した様子で頷き、

「そうだったの。……帰ってきた時、知らないおばさんが家の前にいたわ」

そう告げる。

「知らないおばさん？」

「何かごようですかって聞いたら、何も言わないで帰っていったわ」

「どんな人だった？」

「三十歳か四十歳くらいのおばさん。見たことのない人よ」

返ってきたのはアバウトな返事だったが、不審者という以外、印象に残らなかったのだろう。

「三十歳から四十歳くらい、か……」

考えられるのは健太の件で関わっているあの女子生徒と副主将の母親くらいだが、用があれば改めて訪問するだろうと深く考えないことにした。

「心配ないと思うけど、変な人も世間にはいるから、一応気をつけといて」

歩たちが帰ってきた時、玄関の鍵はかかっていた。だから、結佳は自分が入ってすぐに施錠したのだろうし、その用心深さを思えば大丈夫な気がするが、可愛い甥っ子や姪っ子に何かあっては悔やんでも悔やみきれないので、そう言っておく。

分かったわ、と結佳はいい子な返事をしたのだが、

「結佳ちゃん、その人って髪はどのくらいの長さだった？」

思案顔で郁は聞いた。

「後ろでまとめてあったから、ショートカットじゃないってことくらいしか……」

「体型とか覚えてる？」

心当たりが何かあるのか郁は問い重ねたが、

「……普通か、それより少し細いくらい。背も普通くらい。とくちょうになるような部分はなかったわ」

「そっか。ありがとう」

自分の思う人物だという確証はなく、諦めた様子だった。

その夜は、成輝や恭仁の帰宅も早く、郁と瑞樹も夕食を終えると早々に帰宅していった。
おかげで永山家は三人の最小構成の静かな夜の団欒になったのだが、試験前の佑太は勉強をし

てくる、と部屋に引き上げ、リビングには歩と健太だけだ。

並んでソファーに座り、お茶を飲みながら録画しておいたテレビを見る。

特に会話もなく、だからといって気づまりでもなく、通常運転なのだが、風景描写のシーンに入ったところで、不意に健太が口を開いた。

「あーちゃん、郁ちゃんとヤったの？」

単刀直入にもほどがある問いに、歩は飲んでいたお茶を噴いた。

「……っふ、…げふ……っ、えふっ」

咄嗟に手で押さえたものの、むせ返って、鼻から逆流する大惨事だ。

洗い終えてたたんで積み上げてあったタオルを取り、歩はとりあえず濡れた手や零したお茶を拭き取る。

「……おまえ、急に何言うんだよ」

落ち着くところまではいかないものの、何とか話せる程度までになって問い返すと、

「ヤったんだろ？　郁ちゃんと」

ほぼリピートなセリフと同時に、首の後ろあたりを指先で押さえられた。

「マーキングされてんぞ」

その指摘に、もうごまかせないなと歩は悟る。よって返事は、

「まあな」

という簡単なものにならざるを得なかった。

その返事に健太は盛大なため息をついてうなだれる。

「あっさり認めんなよ……、余計につらいわ」

「ドン引きしていいぞ」

そう言った歩に、

「なんであいつなの？」

頭を上げ、顔を見て問う。

「そう聞かれてもなぁ……」

正直、答えられるような明確な答え自体、自分の中にまだない。

「好きじゃないけど、押し切られたってこと？」

矢継ぎ早に聞いてくるが、それはきっぱりと歩は否定する。

「いや、好きだからしたんだけどさ。正直俺も自分の人生がこういうことになると思ってなかったから分かんねーんだよ。セクハラの時はただただ気持ち悪かったし」

その返答に健太は眉根を寄せた。

「イケメンだとセクハラにならないって心理？」

「それもあるかもしんねぇ。よく分かんねぇけど」

そのあたりになると、もう途端に分からなくなる歩に、

「もしそうならさ、俺でもいいってことにならねぇ？　無駄にイケメンってあーちゃんよく言うじゃん」

健太はそんなことを言い出す。

「それ以前におまえは弟だろうが。おまえのおむつの四割五分は俺が換えてきたんだぞ。まず、そういう気持ちになんねぇよ」

それは純然たる事実だ。

小さい頃から懐いてくれて可愛かったし、今のように自分の背を追い抜き、毎朝世話を焼かされてもいるが、甘えられて悪い気はしない。

男前だということも認める。

だが、弟の域を出るものではないのだ。

しかし、健太のほうはどうなのだろう？

郁は健太が兄弟としてではなく歩を好きだと言っていたし、今の、俺でもいいんじゃないのかというような発言を聞くと、もしかしたら郁の言うことは外れていないのかもしれないと思い、ついでなので聞いてみることにした。

「なあ、健太。おまえさあ、俺のこと好きなの？」

「は？　何？」

今度はあからさまに健太が動揺を見せた。

「いや、郁ちゃんからおまえが俺のこと、兄弟としてじゃなく好きなんじゃないかって聞いてさ。なんていうか、おまえの貧乳好きが俺のせいだったら、とかちょっと思って」

「あーちゃんにはデリカシーとか、そういうモンないの？」

そう返した健太はやや涙目で、

「言っとくけど、佑ちゃんだってあーちゃんのこと好きだし！　今でこそ更生して美乳好きとか言ってってけど、ちょっと前まで微乳万歳だったし！」

ここにいない佑太にまで被害を及ぼしていた。

「おいおい、佑太もかよ。まあ、佑太は過去形か……。まあ、アレだ。おまえも早く美乳にクラスチェンジしろよ？　イケメンを無駄遣いすんな？」

本当にもったいないと思ってそう言ったのだが、その口調と話の流れで完全に脈なしなのを健太は感じ取り、

「もういい」

そう言うと突然歩の太ももの上に頭を乗せて不貞寝膝枕を開始した。

「五分な」

とりあえずそう言って、膝枕はしてやる。

話している間にテレビはまったく話が分からないところまで進んでしまっていたので巻き戻しをして、見覚えのある風景描写のシーンまで戻ってもう一度見始めた。

「なあ、あーちゃん」

少しした頃、健太が口を開く。

「なんだよ」

「もし兄弟じゃなかったら、あーちゃん俺のこと好きになってくれた？」

そんなことを聞いてきた。

「兄弟じゃなかったら、まず接点ねぇだろ。出会ってすらねぇよ」

歩は現実的なことを言ったあと、

「……朝から世話焼かされたり、いろいろあるけど、とりあえず一緒にいても嫌じゃねぇし、面白いし、意外に優しいし…おまえが弟でよかったと思ってるよ」

そう続ける。

それに健太は返事をしなかったが、なんとなく納得してくれたんだろうというのが気配で分かる。

そうやって膝枕をしたまま一緒にテレビを見続け、

「おら、五分経ったぞ。どけろ」

頭を叩いた歩に、

「ハートブレイクな俺にひでぇ……」

健太は言ったが、とりあえず体を起こし、そのまま二人並んで終わりまでテレビを見続けた。

それは不思議と心地よく、静かで穏やかな時間だった。

7

「おら、さっさと行けよ。遅刻すんだろうが」

「イッてぇ、蹴んなよ」

「グズグズしてっからだろうが」

健太の停学期間が終わり、永山家にはいつもの慌ただしい朝が戻ってきていた。

郁との関係を知られたことと、あの夜は軽く流したが郁が言っていたとおりに健太が自分に兄弟としてのものを越える感情を持っていたことで、気まずくなるんじゃないかと思ったりもしたのだが、あの翌日からも健太の態度は一切変わらず、これまでどおりの関係が続いていた。

「もう、マジ暴力反対！」

そう言って健太は玄関のドアを開けて出ていく。その後ろ姿に、気をつけて行ってこいよと声をかけてやり、歩はキッチンへと戻る。

その動線上にあるリビングでは結佳が義哉に平仮名を教えていたが、

「健太お兄ちゃんは、あいかわらずね」

少し呆れた様子で笑う。

小学三年生に呆れられる中学二年生ってどうなんだろうと思いつつ、

「あいつが急に聞きわけよくなったら、それはそれで怖いんだけどな」

と歩が返すと、結佳はそれもそうねとまた笑い、義哉へと目を戻した。

「これが『け』よ。健太お兄ちゃんのなまえにあるでしょう？」

そうやって勉強の題材にする応用力に感心しながら、歩はキッチンで後片づけを始める。

無事に復学した健太だが、歩には心配なことがあった。

例の件については、詳細は省くものの健太に非はなかったことを生徒に周知する、ということを学校に依頼し、成輝が交渉をしてなんとか合意できる形になったと言っていたのだが、それでも健太への中傷が消えるかどうかは分からなかった。

停学明け初日はとにかくドキドキして落ち着かない気持ちで健太の帰宅を待ったのだが、当の健太はあっさりしたもので、どうだったかと聞くと、

『どうって、まあ、フツー？』

首を傾げながら言った。

どう普通なのか聞いてんだよ、オラ、と細かく聞いて問いただすと、事件の詳細について具体的に何があったかというのは発表されていないものの、生徒の処分の内容については貼り紙があったらしい。

どんなふうに貼り出されていたのかと聞くと、自分に関しては授業時間中に学校をサボって外に出ていたからだというのは分かったが、女子生徒と副主将に関しては読み方の分からない漢字

があって分からなかった、などとほざいたので、軽めにシメた。

その後携帯電話で貼り紙の内容を撮影してきていると言うので見たところ、『共謀し、事実無根の他の生徒を貶める言動を行ったため』と書かれていた。

『何のことなのか、分かる奴には分かったみてぇで、落ち着いてる。信じてねぇ奴とかもいるんだろうけど』

そう言ったあと、

『あとさー、髪の毛切ったじゃん？　そしたらやたら女に声かけられる。しゃべんなかったわけじゃねえけど、そんな親しいわけでもねえって奴らからも復活オメでーす、みたいな感じで声かけられたあと、写真撮られたりする。実はイケメンだったんじゃん、とか言ってくる奴もいるし』

プチ自慢してきたので、棒読みでヨカッタナーと言っておいてやると、不満げだった。

とりあえず、学校ではおおむね誤解も解けている様子だ。

「まあ、成輝兄ちゃんの仕事だから、間違いないだろうとは思ってたけど、誰がどう思うかっていうのはそれぞれだからさ。でも、今のとこ心配ねぇみたいで安心した」

夜中近くに仕事を終えて帰ってきた郁とリビングでお茶を飲みながら、歩は言う。

「これで歩ちゃんも一安心だね」

郁はそう言って笑って、歩の頭を軽く撫でる。

「まあな。あとは期末試験でとんでもねぇ点数取ってきそうなのが怖いくらいだ」

「佑太くんも丁度試験だっけ？」

「うん、でも佑太はそんなに心配してねぇ。あいつは文武両道ってほどじゃないけど、勉強もちゃんとして、上の下か中の上くらいをキープしてるから。問題は健太なんだよな。やればできんのに……」

ため息をつく歩に郁は、

「大家族のお母さんは大変だな」

そう言って軽く抱き寄せ、触れるだけのキスをする。

それだけで歩の体は固まって、それに郁は苦笑した。

あれから、二人きりになると郁は時々こんなふうにキスをしたり、そっと抱きしめたりしてくる。それが嫌なわけではないのだが、不慣れなのと拭えない照れがあるせいで、どうしてもこんな反応になってしまう。

ついでに言えば、Hはあれきりない。

それこそ嫌なわけではなくて、機会がないのだ。

まず、この家では無理だ。

かといって、歩が郁の家に泊まりに行くのもよほどのことがなければ無理だし、それなら郁が休みの日の昼間にといっても、昼間こそ歩にはちびたちの子守りと家事という仕事があってさらに無理だ。

よって現在の二人は『家には親がいるし、ホテルに行くには金がねぇし、マジで不便なんだよねー』なんていう中高生以上に不便な付き合いをしている。

そんなわけで、なんとか大人の理性というものを総動員して忍んでいるのである。

「ああ、そうだ。前にお願いしてた雑誌の広告ページのモデルの件なんだけど」

郁は思い出したように切り出し、カバンの中からスケジュール帳を取り出した。

「冬休み中ってことで調整してもらって、年明け五日なんだけど大丈夫？」

「うん、それなら平気。健太も佑太も練習一日くらいなら休めるって言ってるし。ちびたちを風邪ひかせないように気をつけねぇとな」

ちびたちの中でも怖いのは結佳と義哉だ。小学校や幼稚園で友達から伝染(うつ)されてくる可能性がある。

「本当にお母さんは大変だ」

郁が言った時、子供部屋から瑞樹の泣き声が聞こえてきて、

「お父さん、たまにはおむつお願いします」

笑いながら歩が言うと、

「新婚家庭プレイみたいで新鮮だな」

郁も笑って立ち上がり、子供部屋へと向かっていく。

その後ろ姿を見送りながら、歩は穏やかな日々に幸せを感じていた。

その週の日曜、成輝、恭仁、郁の三人を除いた永山家のメンツ総出でショッピングセンターに来ていた。

近づいてきたクリスマスの準備のためだ。

子供が多いと、この手の季節の行事は華やかにしてやりたい気分になり、永山家ではリビングに大きなクリスマスツリーが登場する。

もちろん、ショッピングセンターの内装もクリスマス一色で、ちびたちのテンションはダダ上がりだ。

クールな結佳もさすがに気分がアガっているらしい様子だ。

何をしに来たのかと言えば、もちろんちびたちへのクリスマスプレゼントのリサーチだ。

それぞれの親たちから何を欲しがっていたか探れという指令をもらっている。場合によってはこっそり予約の手配をしておくというのが歩の今日の使命の一つだ。

本来であれば直接リサーチしたいのだろうが、あいにく成輝は日曜だというのにクライアントとの打ち合わせで、恭仁は接待ゴルフ、郁の仕事は土曜も日曜も関係がない。

「じゃあ、あーちゃん、俺ら上で服見てる」

日本的なクリスマスのからくりを知っている佑太と健太は別行動で、彼らへのプレゼントは現ナマ支給となっており、すでに前渡しずみだ。

「おう。三時にキッズコーナーのあたりな」

そう言い渡して、歩は瑞樹を乗せたベビーカーを押しながら、結佳、義哉、章を連れておもちゃ売り場へ向かう。

「しょうくん！　モンスーンいっぱいあるよ！」

大好きなアニメのグッズを見つけた義哉は興奮した様子で章を呼び、章もキラキラと目を輝かせる。

そして結佳は意外なことにクリスマス…というかサンタの真実にまだ気づいていなかったりする。

「歩ちゃん、フィンランドまで送られたリクエストカードにサンタさんが目を通して、プレゼントの準備をはじめるんでしょう？　今からでも間に合うのかしら？」

信じているが妙に現実的なところが結佳らしい。

「んー、大丈夫なんじゃない？　去年リクエストカードを送った時よりまだ三日くらい早いし、去年それでちゃんと間に合ってるから」

「サンタさんってすごいのね。一日で全部はいたつするんでしょう？」

「すごいシステムだよな。っていうか、宅配便の元祖ってサンタさんなのかもしれねぇな」

夢があるのかないのか微妙な会話をしながらも、結佳は大事にしている人形の着せかえセットにするようだ。

母親が生きていた時、最後に買ってくれた人形を、結佳は大事に飾っていて、去年のクリスマスも着せかえセットだった。

そういうところを見ると、普段はしっかりして完全無欠という感じすらする結佳の抱える寂しさのような部分を感じる。

もちろん、歩も結佳と同じような年に母親を亡くしているのだが、当時末っ子だった歩は兄ちや郁に甘やかされて育った。

だが、結佳に自分がされてきたようにしてやれているかなとふと思う。

成輝の妻が亡くなった時、歩は会社を辞めたばかりで精神的に不安定で、結佳に優しくしてやったかどうか覚えていない。

当時、家にいた継母は、まだ一歳だった義哉に手がかかっていた。

「結佳、おまえ今年もう一個くらいリクエストしても大丈夫なんじゃねぇ？」

歩がそう切り出すと、結佳は驚いた顔をした。

「どうして？」

「郁ちゃんに頼まれてモデルの仕事手伝ってやったりしてるし、いい子ポイントみたいなもんが高いと思うんだよな。だから、第一希望と第二希望っていうか、余力あったらこっちも欲しいみたいに書いといたらさ、運がよかったらだけど、二つもらえそうな気がする」

歩のその言葉に、結佳は少しはにかむような笑みを見せた。

「……もう一つ欲しいものがあるんだけど、売ってないと思うの」

「何？」

「あのね、この前モデルのお仕事を手伝った時に、小物で置いてあったティアラ。キラキラしてて、とても綺麗だったの」

「あー…おまえ、頭にのせてたヤツ？」

「うん。部屋にかざっておきたいなって」

「まったく同じってのは無理かもしんねぇな。サンタさんも人の持ち物ぶんどってプレゼントってわけにいかないだろうし」

「それもそうよね。警察ざただわ。パパにべんごしてもらわなきゃ」

ちょいちょいリアルな結佳に、

「まあ、一応書いといたらどうだ？」

あとで郁に何とかならないか聞いてみようと思いながら提案すると、うんと頷いていた。

その頃、義哉と章はお気に入りアニメの商品を、小物ばかりだが、これでもかと店内カゴに入

れていて、

「義哉、章。サンタさんの荷物がおまえらのプレゼントだけでいっぱいになったら、みんなの分が入らないだろうが」

歩は二人を相手に取捨選択を始めねばならなかった。


予定どおり、三時にはキッズコーナー付近で集合し、そこで軽いおやつを食べて和やかに過ごしたあと、佑太と健太はゲームコーナーに、義哉と章はキッズコーナーへ、結佳はその丁度中間にあるところでゲームを始める。

その様子を見つめながら、歩はこのあとの算段を考える。

——クリスマスケーキは恭仁兄ちゃんが予約したっつってたから、今年はパスでいいとして、鶏の丸焼き…は外せねぇよな。みんな楽しみにしてるし……。鶏の予約して、中の詰め物、去年好評だったのなんだっけな……。

クリスマスパーティーの料理を考えるのと同時に、今夜の夕食のメニューにも頭を悩ませる。

——鍋が楽なんだよなー。みんな揃ってりゃ同時に食えるし……でも先週も鍋だったからなぁ、ベース変えりゃいけるか？

あれこれ考えていると、不意に章の泣き声が聞こえ、ハッとそちらを見ると、顔を両手で覆っている章をかばうように仁王立ちになり、自分より大きな他の子を睨みつけている義哉がいた。

「いじめちゃ、だめ！」

大人しい義哉にしては珍しく、本気で怒った声を出していた。

歩は慌てて立ち上がり、ベビーカーの瑞樹に目をやる。

瑞樹は幸せそうな顔で寝ていたので、少し心配ではあったが、座しているベンチと義哉たちとの距離がさほど離れていないこともあり、そのままにして歩は義哉と章のもとに駆け寄った。

「義哉、章、どうした？」

声をかけると章が、あーちゃんと号泣状態で泣きついてくる。

「このこがしょうくんのもってるバケツをひっぱってとろうとしたの。しょうくんひっぱられて、がくんってなったの」

義哉が説明する。

バケツというのは、キッズコーナーで誰が使ってもいいように置いてある子供用のプラスチックバケツだ。

「だって、タケルのバケツがないんだもん！」

糾弾されている男児は、自分だって使いたいのに、と主張する。

今日はいつもと違って子供が多いので、バケツは全部誰かが使っている。彼がバケツを欲しいと思った時にはもうなかったのだろう。

幼稚園の年長組くらいだろう。小さな章から奪うのは簡単だと思ったのかもしれない。

揉めていると相手の母親がやってきた。

「武、どうしたの？」

怪訝そうな顔で子供に問いながら、顔は歩に向ける。

「彼が、うちの子がまだ使っているバケツを引っ張って取ろうとしたみたいで」

「まあ、すみません」

「いえ、よくあることですから」

物分かりのいいというか、普通の親でよかったな、と思う。

明らかに自分の子供に非があるのに、食ってかかってくる親も中にはいて、そういう時は嫌な思いしかしないからだ。

「武、ごめんなさいしなさい」

母親に言われて、子供は俯いて小さな声でごめんなさい、と言った。

それに歩は笑って、

「ちゃんと謝れてえらいなー」

そう言って軽く頭を撫でてやり、

「義哉、章と二人で一つのバケツじゃだめか？　今日は一緒に遊んでる子が多いから、おまえのバケツを武くんに貸したげないか？」

そう聞いてみる。

相手の母親は、そんな、と言ったが、義哉は自分のバケツの中身を章のバケツに移すと、空っぽのそれを相手に差し出す。

「どーぞ」

差し出されたそれを子供はどうしていいのか分からない様子で見ていたが、

「ありがとうって言って貸してもらいなさい」

母親の言葉に、ありがとう、と言ってバケツを受け取ると、ここにいるのはバツが悪いのかバケツを持って少し離れた場所に向かっていく。母親は、すみませんありがとうございますと言いながら子供を追っていった。

「義哉、章を守れて偉かったな。さすがお兄ちゃんだな」

褒められて義哉は少し誇らしげだ。頭を撫でてやったあと、今度はまだ脚に張りついている章に声をかける。

「章、義哉兄ちゃんが守ってくれるから安心して遊べるな。義哉兄ちゃんにありがとうしような」

「……よしやちゃん、ありがと」

お礼を言われ、照れくさそうに笑った義哉は、

「またボールとりにいこ！」

章の手を引いて、また遊びに行く。

それに安堵していると、

「あーちゃん、瑞樹が！」

ゲームコーナーから出てくるところだった佑太が叫んだ。

それにハッとして振り返ると、元の場所にベビーカーはなく、見知らぬ女がベビーカーを押して店外に出たところだった。

「瑞樹！」

歩は即座に追いかける。だが、特設ステージで始まる抽選会に集まる人の流れに逆らう形になり、手間取った。

先に店外に出た女は子供を乗せていることなどおかまいなしに思える速度でベビーカーを押しながら逃げ、一台の車の前に来るとベビーカーから乱暴に瑞樹を抱き上げ、そのまま車に乗り込んだ。

歩が車に近づいた時、車は走り出そうとしたところだった。それを止めるように、歩は車の前に飛び出したが、車は止まろうとせず、歩はそのまま車に撥ねられた。

「あーちゃん！」

道路に倒れた歩に健太が駆け寄ってくる。

走っていく車を佑太が追っていったのが見えた。

「瑞樹が、瑞樹が！」

歩もあとを追おうとしたが、立とうとした途端、膝に痛みが走った。

「あーちゃん、落ち着けって、怪我してんぞ！」

「大丈夫ですか！」

ガードマンらしき男が走り寄ってくる。

無線を使って、駐車場内で人身事故、応援を、と話しているのが、まるで水の中で聞いている
かのようにぼやけた。

——どうしよう、瑞樹が。

頭が真っ白で、体ががくがくと震える。

その歩の体を、健太は強く抱きしめる。

「あーちゃん、大丈夫だから」

「でも、瑞樹……」

「落ち着けって」

健太は言ったあと、ガードマンに声をかけた。

「おっちゃん、さっきの車の女にうちの赤ちゃん連れてかれた。誘拐だって警察に電話して！」

誘拐と聞いてガードマンは顔色を変えた。

「分かりました！　すぐに！」

「とりあえず、あーちゃんは落ち着いて……」

祈るような健太の声に、歩の目から知らぬ間に涙が伝い落ちた。

車を追っていった佑太が戻ってきたのは、救急車と警察が来る少し前だった。

「ごめん、追いかけたけど無理だった」

いくらサッカー部で俊足を誇る佑太でも、一般道に出て暴走する車に追いつくことは不可能だ。

それが分かっていていて追いかけた理由は、警察が来た時に分かった。

「俺、車に詳しくないんで車種までは分かんないですけど、ナンバーは覚えてます」

追いかけてナンバーを覚えるためだった。さらに、

「手ぶれしているし、小さいですけれど、何かの役に立ちますか？」

そう言って携帯電話を差し出したのは結佳だ。

結佳は店内から、車が歩を撥ねたあたりから動画を撮っていた。何か証拠を、と咄嗟に思ったらしい。

それにはこんな小さい子が、と警察も驚いていたが、すぐに非常線が張られた。

そんな中、歩は救急車で病院へと搬送された。

外傷らしい外傷は、どこでかははっきりとしないが打ちつけた膝くらいなのだが、車と衝突した時の衝撃はあとからじわじわと害が出ることもあるからと、レントゲンや脳波、ＭＲＩなど、

いろいろな検査を受けることになった。

だが、その検査の間もずっと思っていたのは瑞樹のことだ。

──なんで瑞樹から目を離したりしたんだよ！　なんで大丈夫だなんて思ったんだよ！

ほんの数メートルだし、来慣れている場所だからという慢心があった。

──なんで…俺は……。

してもしてもし足りない後悔で心臓が潰れてしまいそうだった。

──もしも、瑞樹に何かあったら──

悪いことしか考えられなくて、吐き気がした。

「……歩」

一通りの検査を終えて、待合室で茫然と座っている歩の耳に届いたのは、成輝の声だった。

「…兄ちゃん……」

「大丈夫か？」

「瑞…っ…瑞樹が！　女に連れてかれてっ」

すぐ間近に来た成輝に歩は縋りつくようにして言う。

「落ち着け、歩。瑞樹は無事だ」

「無事……」

「警察の非常線にすぐ引っかかって女は捕まった。瑞樹も無事に保護された」

「本当に……？」

「ああ。念のために今、別の病院で診察を受けてる」

成輝の言葉に歩の目から涙が溢れた。

「よか……っ…、…っずきに、何かあったら……俺……っ」

両手で顔を覆って泣く歩の隣に成輝は腰を下ろし、

「大丈夫だ、安心しろ」

宥めるように歩の背中をぽんぽんと軽く叩く。

しばらくすると警察官がやってきた。

「永山さんですね？」

「はい。事故に遭ったのはこちらにいる弟の歩です。私は兄の永山成輝と申します」

言いながら成輝は名刺を出し、歩に代わって応対する。

「歩さんの検査結果は？」

「まだ、これからのようです。……弟は神経が高ぶっていますので、あちらで、かまいませんか？」

成輝はそう言って、少し離れた場所を示す。特にそれで問題ないと踏んだのだろう、警察官は頷いた。

十分ほど話して、成輝は歩のもとに戻ってきた。

「……話、なんだったの？」

不可解というような顔をしている成輝に問う。

成輝はやや間を置いてから答えた。

「犯人の女は、捕まった当初は瑞樹の母親だと主張していたらしい。それで、瑞樹も絡んでいることなので郁も警察に呼ばれていたんだが、確認させたところ、離婚した妻だと判明した」

「……郁ちゃんの、奥さん…」

「ああ。だが、親権も養育権も郁にあるし、面会権についても相手が必要はないと言ったたし、郁自身、子供が幼い間は混乱が生じるからと面会させるのは子供が成長してから再考ということで、それまで会わせるつもりはないと互いに合意していたから……今回はいくら親子であっても誘拐という扱いになるだろう」

「…誘拐……」

「法的にはな」

成輝がそう言った時、診察室のドアが開き、歩が呼ばれた。

一通りの検査結果が出て、その説明を成輝と一緒に聞いたのだが、とりあえず検査結果には異状はないということだった。だが、

「ただ、車に接触した際の衝撃による後遺症というのは、すぐに出ないものも多いので、念のため一晩入院してください」

と言われ、歩はそのまま入院することになった。

家は接待ゴルフを途中で切り上げた恭仁が見てくれるらしく、成輝は大きな事件になるかもしれないので歩の代理人として警察へ向かうことになった。

用意された病院の個室に移った歩は、瑞樹の無事に安堵した気持ちと同時に、瑞樹を危険にさらした己の迂闊(うかつ)さに苛(さいな)まれ、ただひたすら己を責めるしかできなかった。

8

一晩を病院で過ごした歩は、その日の朝の診察でも問題はなく、昼前に家に帰ってきた。

「おう、帰ったか。どうだよ、調子は」

家に戻った歩を出迎えてくれたのは、午前中の半日休暇を取って昨夜から家にいてくれた恭仁と、試験休みに入った佑太、それから章だった。

とりあえずリビングのソファーに腰を下ろして落ち着き、

「スゲェ痛いってとこはないけど、いろんなとこが地味に痛いかなーって感じ」

そう返事をすると、傍らを占拠した章が真面目な顔で、

「あーちゃんの、いたいのいたいのとんでけ」

呪文を唱えてくれる。

「ありがとうな、章。ちょっと楽になった」

歩が言うと、章は照れたように笑う。その様子を見ながら、

「歩がいねぇってだけで、昨夜はお通夜だったぞ、ちびども。大丈夫だっつってんのに、しくしくさめざめ経由で号泣タイム入ったりするし、瑞樹も夜泣き王決定戦にでも出んのかよって勢いだし」

恭仁が言う。

「瑞樹、昨日、もう帰ってこれたんだ」

「ああ、車に乗せられたってだけで怪我も何もしてねぇし、診察受けたあと、警察署へ連れていかれて、成輝兄と一緒に帰ってきた」

「成輝兄ちゃんと？　郁ちゃんは？」

父親の郁ではなく、成輝が連れ帰ったというのが引っかかった。

「事情聴取的なものが長くなったみてぇ。成輝兄より二時間くらいあとに帰ってきたかな」

「そうなんだ……」

「犯人が元嫁だから、離婚時に子供の親権で揉めたんじゃねぇかとかいろいろ疑われたっつーか、なんかそのあたりの事実確認がややこしかったみてえ。元嫁の言動もちょっとヤバいっぽいみたいなこと聞いたし」

とばっちり食らったなーと、恭仁は笑う。

「でも、俺が迂闊だった。ベビーカー、ちゃんと見てればあんなことにならなかった」

たまたま運よく瑞樹は怪我もせずにすんだが、下手をすれば命を落としていた可能性だってあるのだ。

「おいおい、今度はおまえがお通夜タイムかよ。無事にすんだことをゴチャゴチャ考えんな」

恭仁はそう言って時計を見る。

「お、そろそろ園バスの時間だな。俺、義哉迎えに行ってくるわ」

今日はお弁当の日ではないので、幼稚園は早く終わり、園バスは昼前に到着する。

「章、一緒に行くか？」

恭仁の言葉に、章は恭仁と歩の顔を見比べる。

歩と一緒にもいたいが、恭仁とも一緒にいたいのだろう。

平日に恭仁がこうして家にいること自体、滅多にないのだから。

「章、父ちゃんと一緒に義哉を迎えに行ってきてやって。お願いな」

歩が「お願い」と言うと、章は頷いてソファーからずり下りる。

「手際がすごすぎるわ、おまえ」

恭仁は笑って言うと、章と一緒に義哉を迎えに行った。

「そろそろ昼飯の準備しねぇとな。佑太、冷蔵庫に何残ってる？」

そう言ってソファーから立ち上がった歩に、

「あーちゃん、座ってて。俺がするから」

「え、けど……」

「今日くらいは交代するよ。何食う？　ラーメンとうどんとそばがあるけど」

佑太はメニューを告げるが、インスタントを出す気満々だ。うどんとそばに至ってはおそらくお湯を注ぐだけだろう。

「……ラーメン、袋のヤツで。大きい鍋で五袋全部やっちまえよ。恭仁兄ちゃんも食うんだろ？野菜も全部ぶっ込んで、取り分けながら食えばいいだろ」

「それで足りるかなぁ」

ここで残らないかなぁ、にならないのが高校生の食欲のすごいところだと思う。

「足りなかったら俺の秘蔵の冷凍ピラフやるよ」

「やったぁ。じゃあ、とりあえずラーメン作ろ」

そう言って佑太はキッチンへ入った。

ラーメンがもうすぐでき上がるという頃、恭仁が帰ってきて、義哉はソファーにいる歩を見つけると猛然と突進してきて懐き始め、それに触発されて章も本日二度目の懐き祭りに入る。

モテモテだなーと言いながら、恭仁は子供部屋で寝ていた瑞樹も連れてきて、六人での食事が始まった。

もっとも、瑞樹はミルクだが。

昼食が終わると、恭仁は仕事に出かけていき、歩は、

「あーちゃん、休んでて。あとは俺がしとくから」

と佑太に言われて、自室へ引き上げることにした。

——家のことすんのが俺の今の仕事だって思って頑張ってきたけど、やっぱこういう時、大家族ってあったかくていいな。

大変なことはある。

比較的大人しい子供たちだとは言っても、それなりに手はかかるし、洗濯物の数も半端じゃない。

それでも、みんなで揃って笑って過ごせて、そういうのがやっぱりいいなと思った時、階下から盛大な章の泣き声が聞こえてきて、どうしたんだと思っていると義哉の泣き声、それを呼び水にでもしたのか、瑞樹まで泣き出した。

行ってやったほうがいいのかなと思いはしたが、どうしようもなくなったら呼びに来るだろうと思いつつ歩はベッドに横になった。

「歩ちゃん、入っていい？」
ノックとともに聞こえた郁の声に、歩はハッとして目を開いた。
「ん…あ、うん」
昼食後、眠るつもりはなかったがベッドに横になり、読みかけの推理小説を読んでいたところ、いつの間にか眠ってしまっていたらしい。

歩がベッドに体を起こすと、郁がドアを開け、苦い顔をした。

「……歩ちゃん、大丈夫？　体起こして平気？」

「あー、うん。全然平気。病院からも歩いて帰ってきたし。昼ご飯食べたあと、横になってたらいつの間にか眠ってたみてぇ」

歩の返事に、郁は少しほっとした顔を見せる。

「あれ？　今日仕事終わるの早くない？　今日って……夕飯いらない日だった気がする」

夕食の準備の都合があるので、少なくとも二週間先までのスケジュールは聞いてメモしてある。

水曜までは郁の仕事が夜中になる予定だったはずだ。

「仕事、代わってもらった。警察に呼ばれてたりしたから……」

「そうなんだ」

「ちょっと話、いいかな」

神妙な顔で言われて、歩は頷いた。

「うん、俺もちょっと話したいことあったから」

「話したいこと？　何？」

「ううん、先に郁ちゃんどうぞ」

そう言うと、郁は歩のベッドに腰を下ろした。

「今回のこと、本当にごめん」

「ごめんって、なんで郁ちゃんが謝んの?」

「犯人が俺の別れた嫁さんだって、聞いただろ?」

「うん。『別れた』嫁さんだよね」

「別れたって言っても、俺絡みの人間だ。……愛菜の精神状態が不安定になってたっていうのは前にも話したと思うけど、別れたあともずっとそれは続いてた。俺に瑞樹の親権も養育権も、全部取り上げられたって周りに吹き込んでて——仕事が被る仲間も多いから、愛菜の言い分を信じて、俺を悪者って言ったらおかしいけど、そういう感じに仕立て上げてる空気みたいなのがあったんだ。……広いようで狭いのがこの世界だからさ、そういう評判ってわりと広まるの早くて、精神的に削られることも多くて……」

——ちょっと充電させて——

——精神的に削られることがあってさ……——

そんなことを言っていた時があった。

あの頃もそうだったのかもしれない、と歩は思う。

「けど、愛菜の言動が徐々にひどくなって、いろんな辻褄が合わなくなって、少しずつ俺への風当たりが弱くなってきたくらいの頃に、復縁を迫ってきたんだ。俺はそんな気持ちはまったく持てなかったから拒否したんだけど、わりとしつこくされて……。そんな時に結佳ちゃんが家の前で変な女を見たって言って…もしかしたらあいつかもしれないって」

「え……」

「念のために警察が、結佳ちゃんに写真見せて確認したら、ビンゴだった。でも、その時は確証がなかったし、そのあと特に動きがなかったから安心してたら、今回の事件を起こした。……仕事、ほとんどしてなかったらしい。大人しかったんじゃなくて、仕事をせずに、いつなら瑞樹をさらえるかつきまとってたみたいだ」

思ってもいなかった言葉に、歩は目を見開いた。

「ストーカーされてたってこと？」

「……本当に、歩ちゃんに申し訳ないって思ってる。ごめん」

頭を下げる郁に歩は焦った。

「待って、郁ちゃんが謝んなくていい」

「いや、謝ってすむレベルのことじゃない」

「謝ってすむレベルじゃないのは、俺のほうだよ」

歩のその言葉に郁が顔を上げる。

「なんで歩ちゃんが……」

「俺は大した怪我したわけじゃない。むしろ瑞樹を守れなかったことが申し訳なくて…。行き慣れた知ってる場所だからって慢心がどこかにあった。一瞬だって、目を離しちゃだめだったのに。章や義哉なら大声を出すことだってできるけど、瑞樹はそんなこともできないのに」

「あれでも母親だ。連れ去ったあと、危害を加えるつもりだったとは思ってない」

「…別れた奥さんじゃなかったら？　テレビでニュースになるような変質者だったら？　もし追いかけられて焦って車の運転間違えて事故をしてたら？　……俺が、悪い」

歩の目に涙が浮かぶ。

車に逃げられてから、瑞樹が無事だったと聞くまで、最悪のことしか考えられなかった。

瑞樹が無事でよかった、なんて手放しで喜べる話じゃない。

そんな歩を郁は強く抱きしめた。

「……愛菜は瑞樹に危害を加えようとは思ってなかったって言ったけど、歩ちゃんのことは死んでもいいと思ってたんじゃないかと思ってる。駐車場の現場検証もあったみたいだけど、ブレーキを踏んだと思えるような跡は一切出なかったって。防犯カメラを見ても結構な速度が出てた。たまたま歩ちゃんが受け身を取ってたから大きな怪我をせずにすんだけど、打ちどころが悪かったら歩ちゃん、死んでたかもしれない。そう思うと怖くて仕方がない」

「郁ちゃん……」

「こうして歩ちゃんに会えて、どれだけ嬉しいか……」

振り絞るような郁の声に、歩の胸が詰まる。

もう、信じられない。

安心して瑞樹を預けられない。

そう言って詰られても当然だというのに、郁は歩の身を案じてくれていた。

それが何よりも嬉しい。

「大好き…愛してる」

郁が囁き、そのまま口づけてくる。

甘い口づけは簡単に歩を蕩けさせて、ゆっくりとベッドに押し倒される。

「かおる…ちゃん……」

「ごめん…体、あちこち痛いって聞いてるけど……」

その言葉に歩は返事をする代わりにそっと背中に手を回して抱きついた。


グチュッと濡れた淫らな音が自分の下肢から響くのを、歩はいたたまれない気持ちで耳にした。

あとで新しいのを返すから、と、枕元に置いてあったボディー用乳液をたっぷり使って郁は歩の中を二本の指で慣らしていく。

「も……大丈夫、だから…」

まだ二度目で、行為そのものにまったく慣れていない歩は、恥ずかしさからさっさと先に進んでほしいとねだるが、そんなことは郁にはお見通しだったらしい。

「ダメだよ、もう少し慣らさないと」

郁はそう言うと、歩の額に唇を落とす。

声は優しいが、中で動く指は意地悪く歩の弱い部分をかすめる程度だ。

初めての時に後ろで得る悦楽を知ってしまった歩には、それは焦らされているとしか思えない動きなのだが、それを口にすることは恥ずかしくてできなかった。

それでひたすら耐えているのだが、

「歩ちゃん、どうしたの？　腰が揺れてるよ」

指摘されて、歩は耳まで真っ赤になる。

「……っ…」

「可愛いなぁ、ホントに」

郁は本当にそう思ってくれているのだろうということが分かるような表情を見せているが、それだけじゃないのもなんとなく分かる。

「……郁ちゃんの本性って…ホントはどエス…っあ、あ！」

「ひどいなぁ、歩ちゃんがあとで痛かったりつらかったりしないようにって考えてるのに」

そう言いながら、郁は中の指をやっと歩のいいところに押し当ててくる。けれど——それは歩の言葉を封じるためのものでもあった。

「や……っ…あ、あっ！　ああっ」

弱い部分を集中的に嬲られて、唇からは嬌声しか上がらなくなる。

それに合わせるように張りつめた歩自身からも白濁した蜜がトロトロと零れ落ちた。

その様子に郁は中の指の動きはそのままで上体を軽く起こすと、体を下げた。そして蜜を零す歩自身を口の中へと招き入れる。

「ひぁ……、ぇ…あ、あ！」

すぐには何が起きたのか分からず、視線を下げた歩は絶句した。

もちろん、そういうことは知っている。だが、されたのは初めてで……その光景の破壊力と、もたらされる悦楽は歩をあっという間に追い詰めた。

「や…だ！　や……っ、ダメ、ダメ…だから……」

郁がねっとりと舌を這わせる。それだけで歩は昇り詰めそうになった。

でもまさか郁の口の中に出すなんてことはできなくて、必死でこらえ、手を伸ばして郁の髪を摑む。

「離…して……っ」

震える声で頼んでみるが、郁は聞き入れてくれるつもりはなさそうで、先端を執拗に舐め回しながら、後ろにうずめた指で弱い場所を突いた。

「やぁっ！　あ！　ダメ、本当にダメだから、や、や……っ」

体中に力を入れて耐えようとする歩の努力をあざ笑うように、郁は歩自身に甘く歯を立てるのと同時に強く吸い上げ、中の指を少し曲げ、抉(えぐ)るようにして回した。

「ああ……っ！　あ、あ……っ」

駆け抜けた刺激に我慢が途切れて、歩は郁の口の中で達した。

気持ちよさと同時に溢れる蜜を嚥下（えんか）する口腔の様子が生々しく伝わってきて、神経が羞恥で焼き切れそうになる。

だが、そんな歩にかまうことなく、郁は吐き出されたそれを飲み下すと顔を上げ、同時に後ろからも指を引き抜いた。

「ごめん…、俺が限界。ちょっときついかもしれないけど……」

苦笑する郁の言葉の意味が、絶頂の余韻にフワフワした歩の頭には理解できなかった。理解できないでいるうちに郁は自身の前をはだけて、勃ち上がりきったそれを歩の後ろへと押し当てると、強引に入り込んできた。

「え…あっ、あ、や……！　待って、まだ…や、や！」

歩は背筋を反らして、何とかして逃げようとするが、体のどこにも力が入らない上に、しっかりと腰を摑まれてはどうにもできなかった。

「かお…っ…ああっ、や、待っ…」

達したばかりの体は敏感になりすぎて、ただ郁が入ってくるだけでもつらいほどの刺激を与えられているらしい。哀願する歩に、

「ごめん、待てない」

郁は優しい声で否を告げる。

「初めての時……イったばっかの歩ちゃんの中がすごい気持ちよくて…次はしたいなーって思ってたから」

「……ど…」

『ドエス』と言いたかった歩の言葉は、奥まで入り込んできた郁自身が抽挿を始めたことで喘ぎに変わった。

「やぁっ……あっ、かお、る……やっ、まって、や……ぁっ」

押し寄せるつらいほどの悦楽に、歩は泣き声に近い声を上げる。

それでも郁は動きを止めようとせず、郁は新たな絶頂を上り始める。

「だめ……っ…あ、や…また、イく……」

「いいよ、何度でもイって」

郁は言うと、浅い場所まで自身を引き抜いて、弱い部分を抉るようにしながら奥まで突き上げてきた。

「あぁぁっ、あ……っ、あ!」

二度目の絶頂。

だが、短時間で迎えたそれには放つべき蜜がほとんどなくて、むしろ焦燥感を植えつけられるようなものだった。

「やぁ…だ……っ、あ、あ！」

しかも、焦れた体の中を郁が思う様貪って、逃げ場のない快感が体中を埋め尽くしていく。

「いや……っ…あ、あ！　もうだめ…だか……っ、あ、あ」

悶える歩の中は狂ったように郁を締めつける。その気持ちよさに郁は奥歯を噛みしめて歩の腰を摑み直した。

「…歩ちゃん……っ」

「あぁっ、あ……も…、や…また…イく……、あ、あっ」

「うん、そろそろ俺ももたない…っ」

「ああああっ、あ、あ！」

大きく跳ねて達した歩を押さえつけ、郁も歩の中に熱を迸(ほとばし)らせる。

中に吐き出される熱の感触に、歩は声にすらならない喘ぎを呼吸に紛れさせながらゆっくりと弛緩する。

「歩ちゃん？」

優しい気遣うような郁の声が名前を呼んだ。

それに返事ができたかどうか歩には分からない。

ただ、そのままゆっくりと意識は溶けていった。

どのくらいか分からないが眠っていたのだと思う。

目が覚めると部屋の中は真っ暗だった。

「……今、何時だろ…」

「んー、ちょっと待って」

そう言って歩を抱いていた郁の手が離れる。そのことで、抱きしめられたまま眠っていたことを知って、正直甘酸っぱい気持ちになる。

——なんだよ、この少女漫画！

と毒づいてみるが、悪い気分じゃなかったりする自分がいて、始末に悪い。

「七時になったとこ」

携帯電話の画面に表示された時刻を見ながら郁は告げる。

「七時？　みんな晩飯どうしたんだろ……」

「そういや、やけに静かだな…。ちょっと様子見てくる」

郁はベッドを抜け出し、部屋の電気を点ける。

急に目に光が飛び込んできて、その眩しさに歩は手で目元を押さえた。

その間に郁は身支度を簡単に整えたらしく、ドアを開ける音が聞こえた。それからしばらくして戻ってきた郁の手にはチラシがあり、その裏の白い部分に、

――晩飯どうする？　って聞こうと思ったけど、聞ける状況じゃなかったから、みんなでファミレス行ってくるー。ちなみに健太、激おこ。――

と佑太による置き手紙があった。

「……あー……、やっちまった感、半端ねぇ」

歩はがっくりうなだれる。

「実際やっちまってたんだけどね」

そう言った郁の脇腹に、歩はとりあえず拳を入れた。

そして二時間後。

身支度を整え「なにもありませんでしたけど？」を装い、リビングにいると、佑太以下瑞樹までが仲良く帰ってきた。

そして、あとで返金よろしく、と言って佑太が差し出してきたファミレスのレシートはやたらと長かった。

佑太と健太は体育会系部員の本領を発揮し、瑞樹を除く全員がドリンクバーをつけ、当然のようにデザートも注文し、さらにはサイドメニューもたっぷりという、随分なやんちゃをやらかし

てくれていた。

「……郁ちゃん、半額出して」

「お…おぅ」

これまで見たことがないような長いレシートに脱力する歩と郁だった。

エピローグ

クリスマスと正月を擁する冬休みはあっという間に終了し、気がつけば世間はさらっと二月にログインしていた。

旧年のうちは、郁の元嫁のあの件で歩が事実関係確認に警察に行かなくてはならなかったりでバタバタしていたし、年が明けたら明けたで例の雑誌の企画ページの撮影があり、例年以上にバタバタしているうちに終わってしまった。

そのバタバタになんとなく郁との件も、どさくさに紛れて佑太と健太には説明しないままになっているが、詳しい説明を聞きたくもないというのが彼らの本音でもある様子だ。

そして、郁の元嫁の件については成輝に丸投げしているのでどうなっているのか知らないし、知りたくもない。終わったら何らかの形で成輝から言ってくるだろうと任せきりだ。

というか、あれこれ聞く余裕が今の歩にはなかった。

「瑞樹のハイハイの速さ、パネェな」

廊下で瑞樹と遭遇した佑太が捕獲してリビングに入ってくる。

「おう、ハイハイ選手権があったら出してぇくらいだ」

そう言いながら歩は瑞樹を受け取る。

なかなかハイハイを始めなかった瑞樹だが、年明けからハイハイをするようになった。その成長に目を細めていたのだが、動き回るようになった分、大変にもなっていた。

閉じ込めるのも可哀想なので、行ってはいけない場所には入れないようにベビーゲートを設置しているので心配はないのだが、この時季は冷えるので廊下に長くいたりすると風邪をひいてしまいかねないのだ。

だが、直線を進むのがマイブームらしく、目を離すと廊下に出てしまう。

それならリビングの引き戸を全部閉めて廊下に出られないようにとも思うのだが、そうするとギャン泣きが始まるので、とりあえず見つけ次第捕獲するという形に落ち着いたのが一月下旬になってからだ。

「あーちゃん、腹減ったー。飯まだ？」

そんなことを言って二階から下りてきたのは、少し先に帰っていた健太だ。その健太は佑太を見ると、

「佑ちゃん、帰ってくるの遅くねぇ？　夕飯、佑ちゃん待ちだったんだけど」

と苦情を申し立てる。

「悪ぃ、ちょっと電車に乗り遅れた」

「忘れ物でも取りに戻ったのか？」

とりあえず瑞樹を健太に預け、歩は夕食の支度に戻りながら聞く。

「ううん、練習終わりに門のとこで他の学校の女の子にとっつかまって……なかなか帰れなかった」

もともとモテていた佑太だが、このところモテバブルが来ていた。

それというのも、冬休みに撮影したあの雑誌が発売されたからだ。

見開き四ページのその広告の効果は絶大で、毎日のように告白され、他校生にまでそれは及んで、他の男子生徒の間からは『イケメン爆ぜろ』な扱いを受けていてつらいらしい。

「あー、分かるわ。俺も出待ちとかされて鬱陶しいっつーかさ、最初なんか襲撃かと思ったもん」

そう言うのは健太だ。

女子マネージャーの一件で健太の無関係を信じていない女子生徒もまだいたらしいのだが、一気に味方になったらしい。そのせいで一人前に女性不信になり、

『もう、誰を信じていいか分かんねぇよ……』

と歩に甘えてくるようになったので、大概鬱陶しい。

「義哉も大変なんだよなぁ。今日もクラスの女の子に取り合いされたみてぇで……幼稚園に行きたくないって園バス降りるなり号泣だもん。ちょっと前にも、気をつけてくださいって先生に言ったのになあ……」

おかげで『おんなのこ、こわい!』と毎朝登園を拒否するようになり、一苦労なのだ。

安泰なのは近所のおばちゃんたちのアイドル度が上がり、おまけをもらえる回数が増えた章と、

事態を認識できていない瑞樹、それからもともと奥様受けのよかった歩の三人だ。

もっとも男どもよりも大きな騒ぎになっているのは結佳で、学校や近所で騒がれるどころではないレベルでモデルの仕事をどんどん依頼されているのだが、当初の予定どおり一回こっきり、あとはまるっとお断りだ、状態だ。

「女子の嫉妬って怖ぇじゃん？　結佳はそういうのないのか？」

一応心配になって聞いたのだが、

「困るようなことは起きてないわ。陰でひそひそやってるのはたまに見るけど、名前も知らない子たちだし。知らない子はいないのと一緒だから、別に」

相変わらずクールな対応だった。

そんな結佳だが、歩が郁の元嫁の車に撥ねられた際には、母親が事故で亡くなったことを思い出し、家に戻ってすぐサンタへのプレゼントリクエストに、

『プレゼントはいらないので、歩ちゃんを元気にしてください』

と書いてくれていたらしい。

それを聞いて歩は嬉しくてちょっと泣いた。

もっとも、歩に何の問題もないと分かると修正テープで消し、元来の希望を書き直していたと教えられた時も、ちょっと泣いたが。

結佳には第一希望の着せかえセットの他に、あのティアラもクリスマスプレゼントとして届い

た。郁に何とかならないかと聞いたら、撮影で使ったのとほぼ同じものを入手してきてくれたのだ。

そんな感じで、思わぬ世間の反応を受けているものの、永山家の面々は浮つくことなく平常運転だ。

そんな永山家に、気がつけば郁はすっかり家族のように馴染んでいて、早く仕事が終わった日などはこれまでどおりにマンションに帰っているのだが、

「え、帰んの？」

とその場に居合わせた成輝や恭仁などからは言われている。

結佳は髪のセットの仕方を習い、義哉と章は「もう一人の遊んでくれる相手」として認識をし、佑太は利害関係にないのでウェルカムだ。

唯一健太だけが相変わらず威嚇行動に出ているのだが、様式美として気にしないことにした。

「今日、久しぶりに父親から電話があったよ」

その日の夜、予定より帰宅が遅くなり、成輝と恭仁が子供を連れ帰ってから戻った郁は、食いっぱぐれた夕飯を食べながらそう言った。

郁の両親が離婚し、それぞれ自分の故郷に帰ったのはもう結構前の話だ。

「へぇ、なんて？　正月にも孫を連れて帰ってこないで、とか？」

郁の前に座し、お茶を入れながら歩が問う。

「ううん、元嫁の親が父親に今回の件で連絡入れたみたい。心配させたくないから言ってなくてさ、どういうことだって」

「まさか離婚も教えてなかったとか言わないよね？」

それに郁は苦笑した。

「さすがにそれはないよ。かい摘んで話したら元嫁にマジギレしてたけど、いろいろ心配もしてくれてさ。子育ては永山家に手伝ってもらってるって言ったら、今度米送るって。田舎に戻ってから農業にはまってるみたいでさ」

「へぇ、そうだったんだ。ありがたいよ、米。うちの家、米の消費量半端ないから」

男の多い所帯の宿命だろうとは思うが、エンゲル係数はかなり高い。

「瑞樹もでかくなったら、食うようになるんだろうしな」

郁が口にした自分の名前が理解できたのか偶然か、瑞樹は猛然とハイハイでリビングからダイニングへと突進してくる。

「ハイハイするようになって運動量が増えたからだと思うけど、離乳食もすごいよく食ってくれるよ。運動量が増えたのに比例して夜もぐっすり寝てくれてありがたいけど」

歩は足元にやってきた瑞樹を抱き上げて膝の上に座らせる。夜泣きも今はほとんどないし、本当に手のかからない、いい子だ。

「そんで親父との電話の流れでさ、前にうちの家が建ってた隣の土地あるじゃん。あれ、将来的に俺が相続するから、家を建てたほうが楽なんじゃないかって話になって。今のマンション、ここから遠いし。だから新築の方向で考えようと思ってる」

「さすが、売れっ子メイクアップアーティスト。言うことが違うじゃん」

そう言うと、郁はニコリと笑って、

「そうしたら、不自由なく歩ちゃんといちゃつけるようになるからね」

と返してきた。その途端、

「はぁ？　何言ってんの、この色ボケオヤジ」

ドスの利いた声で即座に反応したのは、健太だ。

健太は最初からダイニングにいた。

歩と郁の二人きりを阻止するために。

「ああ、健太くんもいたんだった。ごめん、歩ちゃんしか見えてなかったから、つい本音が」

「ほんっと、マジむかつくテメェ」

「歩ちゃんが魅力的なのは俺も充分理解してるけど、ホモの近親相姦って感心しないよ？　俺はまだホモってだけですむけど」

「兄弟で一緒に住む分には世間に怪しまれねぇから、あーちゃんには俺のほうが世間的な迷惑はかかんねーんだよ」

戦争を始めた二人に歩は内心でため息をつくと、

「さあ、瑞樹、そろそろ寝に行こうか」

膝の上の瑞樹を抱いて、立ち上がる。

「俺、瑞樹寝かしつけてくるから、後片づけ頼むわ」

そう言い置いて、さっさと逃亡を決め込んだ。

背後ではぎゃあぎゃあと言い合う二人の声が聞こえ、

――仲良いっていうか気が合うんだな、あの二人。

絶対にそんなはずはないのだが、とりあえず精神衛生上、そう現実逃避をしてみる歩だった。

おわり

CROSS NOVELS

お風呂のオキテ。

Kaho Matsuyuki

「ここで、残念なお知らせがあります」

その悲報が歩から全員に告げられたのは、一月終わりの非常に寒いある夜のことだった。

「何…、残念なお知らせって……」

食事を前にリビングに集められた佑太、健太、結佳、義哉、章、そして瑞樹——は眠っているので聞いちゃいないが——の六人を代表して佑太が聞いた。

歩の「残念なお知らせ」は、どうでもいいようなものもあるが、時々とんでもないダメージのものがある。

前回、ダメージを食らったのは健太だった。

ダメージの内容は、結佳が学校の宿題をしていたところ、分度器がなかったので健太の部屋に借りに行ったのだが、机の上に堂々と置いてあったエロ本を見られる結果となり、子供の目に触れる場所に置いていたという咎で没収のお知らせだった。

せめてベッドの下や、引き出しの中なら没収はされなかったのだが、人目に触れる場所に置いてあったのがアウトだった。

俺がいない時に勝手に部屋に入んなよ、などと反論しようものなら、没収から処分に向かうので、人質を取られた健太はすみませんでしたと謝るよりなかった。

そんないわくのある「残念なお知らせ」を、佑太と健太が恐れないわけがない。

——俺の秘蔵ＤＶＤ『未亡人の夜コレクション』は……大丈夫、棚にしまってたはず！

――『貧乳パラダイス3』は……ベッドの下だけど、え？　昨日の夜見たあと、どうしたっけ？

それぞれ脳内で自分の大切なお宝の行方を確かめる二人だが、歩の告げた「残念なお知らせ」はまともなものだった。

「風呂が壊れたので、今日は家の風呂に入れません」

その言葉に、佑太と健太はほっとする。

自分たちのお宝が無事であることに。

「なーんだ、そんなことかよ。びびらせんなよ」

前回の悪夢を思い出した健太が悪態をついた途端、歩の蹴りが炸裂した。

「びびんなきゃなんねぇようなことしてんのか、おまえは。あぁ？」

「やってねぇよ。もっと深刻な事態かと思ったんだよ！」

「俺にとっちゃ、めちゃくちゃ深刻なんだよ！　平たく風呂っつったけど、給湯システムがイカレちまったみたいで、湯が出ねぇ。修理は明日になるっていうし……。このくそ寒いのに、今夜の夕飯後の洗いものが全部水なんだぞ！」

歩は荒ぶる。

こういう状況下で発言するのは危険だと知っているので、誰もが黙っていると、歩は一息ついてから、

「そういうわけだから、今日は全員で銭湯に行く」

問答無用で切り出した。

「……せんとうって、何?」

首を傾げて聞いたのは結佳だ。その問いに、歩はああ、と納得したような顔になった。

「結佳は行ったことないか。今だとスーパー銭湯とかっていうのがあって、三十人くらいで入れるようなでかい風呂とか、バブルバスとかいろんな変わった風呂があったり、エステとかマッサージとかついてるようなのがあるけど……。まあ、でっかい風呂にみんなで入れるってところだ」

「テレビで見るような、温泉のだいよくじょうみたいなものなの?」

「おお、そういう感じ。今日行くのも変わった風呂とかなくて、でかい風呂があるだけのシンプルなところだから」

歩の説明に、結佳は頷いた。

「おもしろそう」

「だろ? そういうわけで、飯食ったらみんなで銭湯な」

歩が言うと、よく分かっていない義哉と章がいい笑顔ではーいと返事をし、逆らえない佑太と健太も同じく返事をした。

夕食後、みんなで訪れたのは永山家から徒歩十分のところにある昔ながらの銭湯「竹の湯」だ。

入口にかかった「ゆ」の暖簾、靴箱は昔ながらの木の鍵のついたレトロなもので、古きよき時代の日本の香りがする。

「じゃあ、結佳、またあとでな」

「はい。またあとで」

さすがに九歳の結佳を男風呂に連れていくわけにもいかず、入口で別れる。そして瑞樹を含めた男ばかり六人は男湯の入口をくぐった。

中も、玄関と同じく昔ながらの銭湯そのものだ。

「はい、いらっしゃい」

八十過ぎくらいの好々爺という言葉がしっくりくる老人が番台から声をかけてくる。

「こんばんは。えっと、女風呂のほうにいる女の子一人と、こっちの六人…、全部で大人三人と子供四人お願いします」

「髪は洗いなさるか？　一人三十円足すことになるけど」

「全員、お願いします」

歩の言葉に、番台の老人はそろばんをはじいて計算をする。

それを待つ間に、義哉と章がはずんだ声を上げた。

「あーちゃん！　コーヒーぎゅうにゅう！」

「コーヒーぐうぬう！」

振り返ると、入口近くに置いてある冷蔵庫にはコーヒー牛乳以外にも普通の牛乳や、缶コーヒーなどが入っていた。

「あー、風呂から上がってからな」

「あーちゃん、俺も風呂上がりにコーヒー」

健太がついでに言ってきたが、

「テメェは自分の小遣いで買え」

バッサリ切り捨てておいた。

とりあえず、お金を払い終えて六人は入浴準備を始める。

各家庭に風呂が普及して、こういう昔ながらの風呂屋というのは需要が減ったこともあって少なくなっているらしいのだが、この風呂屋は盛況とは行かないまでも、そこそこ人が入っているらしく、ロッカーの鍵は半分くらいが使用中だった。

意外だな、と思いつつ風呂場へと足を踏み入れる。

「ぉおおおお」

「わぁぁぁぁ」

見たことのない大きな風呂に、義哉と章が声を上げる。

「佑太、健太。二人を押さえてて、走り出しかねねぇから」

歩の言葉に二人はすぐに義哉と章を捕まえる。

歩は瑞樹を抱っこしたまま、さっさと洗い場へと足を進めた。

中には客が十五、六人ほど、そのうちの五人程度が体を洗っていて、残りは湯に浸かっている。

「先にかかり湯しろよー」

指示を出して歩はとりあえず瑞樹の体を洗う準備を始めた。

佑太と健太もそれぞれ義哉と章を連れて近くに落ち着いたらしく、義哉と章が楽しそうに体を洗ってもらっている声が聞こえてくる。

そしてややした頃、

「しょうくん！　このおじちゃんのせなか、りゅうさんがいるよ！」

聞こえてきた義哉の無邪気な声に、歩は戦慄を覚えた。

「わあ、ほんとだ！　かっこいい！」

さらに重なってきた章の声。

恐る恐るそちらを振り向くと、六十代に入ったところくらいだろうかと思われるその客の背中には立派な墨色の龍が彫られていた。

その背中に食い入るように見入る二人。

——ちょっ！　おまえら‼

声にならない思いが歩の中に渦巻く。

それと同時に、ああこの銭湯『刺青（いれずみ）の方、入浴お断り』の看板なかったなーと、そんなことを冷静に思い出す。

はっとして佑太と健太を見ると、二人も固まっていた。

どうすべきかと思っていると、その客が笑顔で振り向いた。

「おー、ぼうず。二人ともこの龍が好きか」

「うん、かっこいい！」

「つよそう！」

ニコニコ笑って二人が無邪気に言う。

「おーそうかそうか」

客も笑顔で無邪気な二人に言葉を返してくれているが、どう見てもその道の方だ。

『二人とも、邪魔になるから』

と声をかけようとした時、その客は自分が持っていた体を洗うタオルを義哉に渡した。

「じゃあぼうずたち、この龍さんを洗ってやってくれるか？」

そう言われて、義哉と章はものすごくいい笑顔で、

「うん！」

と返事をすると、背中いっぱいに描かれている龍を二人でゴシゴシし始める。

その様子に安堵した時、

「おう、気持ちいいなぁ。もっと強くてもいいぞ」

その客が、それまでとは違う声音で言った。

まるで腹話術のような声で。

つまり『龍がしゃべってる』感を出しているのだろうと思うのだが——それは歩と佑太と健太にとっては地雷だった。

そう、笑いという名の。

——その声…反則だろ……っ！

そう思っても声には出せず、そして笑うとあとで怖いことになりそうで、腹筋を駆使して三人は笑いをこらえる。

「じゃあ、もっとつよくするね！」

しかし義哉と章はまったく気づかず、もっと背中をごしごしし始める。

するとまた、先の腹話術的な声で「丁度いい」だの「もう少し上」だの返事がきて、さらに三人を追い詰めた。

——もうマジで勘弁……。

そう思った時、入口の扉が開き、番台にいた老人が手にたらいを持って入ってきた。

そして歩を見つけると、

「お客さん、赤ちゃんに湯船の湯は熱過ぎるじゃろうから、ここへ入れてやったらどうじゃね」

そう言ってたらいを歩の近くに置いた。

「あ……すみません、ありがとうございます」

考えてみれば確かにそうだ。

うっかり連れてきてしまったが、瑞樹は家でたらい風呂でもよかったのだ。

その間、みんなにここに来させておいて、みんなが帰ってきたら入れ替わりで歩がここに来ればよかったのだということに、ここで気づいた。

「いやいや。こっちの子たちももしかしたら熱過ぎるかもしれんが、ちょっと水でうめてやれば無理ということもなかろう。じゃが、赤ちゃんにはな」

老人はそう言うと軽く瑞樹の頭を撫でてから風呂場を出ていく。

その間に義哉と章の背中洗いは終わったようで、客は二人に礼を言っていた。

笑ってはいけない地獄が終わったと思ってホッとしていたら今度は、湯船から上がってきて近くの洗い場の前に腰を下ろした別の客の背中を章が指差した。

「よしやちゃん！　きんぎょさん！」

「あ、ほんとだー」

無邪気な声の二人の先に見えた背中にはあざやかな真鯉と緋鯉を泳がせている人物がいた。

そうする間に続々と湯船の中の人物が上がってきて、そのうちの半数の背中にはいろいろなものが描かれていた。

観音様に鬼、桜吹雪など、見事すぎるくらいで、二人のテンションはガンガンに上がっていく。

それに対して、歩、佑太、健太の三人のテンションはダダ下がりだ。

とはいえ、このまま二人を野放しにしておくわけにはいかないだろう。

歩は瑞樹の体の泡をシャワーで流し終えると佑太に瑞樹を託し、健太にたらいを渡す。

「瑞樹、ここへ入らせてやって」

そう言い置いて、歩は任俠な方々の背中に見入りつつ話している義哉と章のもとに向かう。

「義哉、章。おじさんたちの邪魔をしちゃだめだぞ」

そう声をかけると義哉と章は目を輝かせながら歩を見た。

「あーちゃん、すごいよ！　きれいなえがいっぱい！」

「そうだな、すごく綺麗だな」

同意してやりつつ、そろそろお湯に浸かれ、と言いかけた時、

「あーちゃん、しょうもきれいなえ、ほしい！」

章が言った。章が言い出せばもちろん、

「よしやも！」

と言い出すのは当然の流れだ。

「あー……、あの絵は普通の絵じゃないんだぞ」

どう説明したものかと思っていると、近くにいた『観音に桜』の刺青の五十代くらいの男が義哉と章を見た。

「坊主たちはプールが好きか?」

笑顔を向けながら聞いてくる。

「うん、すきー」

「すきー」

その返事に、うんうんと頷きながら、

「この絵は、消えない絵だ。こういう消えない絵を体に描いてると、プールには入れてもらえなくなるからな。プールが好きならやめといたほうがいいな」

「プール、はいれないの?」

男の言葉に義哉と章はこてん、と首を傾げる。

「ああ。プール屋さんの規則でな。夏はプールで遊びてぇだろ、坊主」

そう言われて二人は頷いた。

「そうか、なら体に絵を描くのは我慢だな」

男は笑ってそう言うと、二人の頭を撫でる。そして、

「坊主ども、風邪ひくから温まってこい」

湯船に向かうように促してくれた。それに二人が、はーい、といい子で返事をするのを聞いてから、歩は男に会釈をし、二人を連れて湯船に向かった。

湯船は三つあり、一つは大きくそして深いもので、あとの二つは小さめ——といっても普通の風呂の二倍以上はあるが——で家庭用の風呂と同じような深さだ。

小さいほうに佑太が入っていて、健太はそのすぐそばに置いたたらいで湯を楽しんでいる瑞樹の相手をしていた。

「おう、健太悪いな。寒くねぇか？」

「さっき、佑ちゃんと交代したとこだから平気」

その言葉を聞いて健太の体に触れてみると、確かに体は温かかった。

「瑞樹、あったかいか？」

声をかけるとたらいの中に座っていた瑞樹は歩を見上げて笑う。言葉を理解してはいないのだろうが、可愛くて仕方がないなと思う。

「あーちゃん、入ったほうがいいよ」

健太に言われ、歩が湯船に入ろうとすると、どうやら熱いらしく義哉と章は縁（ふち）に座って足を入れたり出したりしていた。

「あーちゃん、おふろあついよ」

「あついよ」

二人が困ったような顔をする。

確かに足を浸けてみると、家の風呂よりも高めの温度だ。

「兄ちゃん、水でちょっと温度下げてやんな」

そう言って洗面器に水を入れて持ってきてくれたのは、さっきの龍の彫り物の男だった。

「すみません、ありがとうございます」

「いやいや、坊主にゃこっちの浴槽でも熱いからな」

その言葉に甘えて、佑太と二人で洗面器に水を運んでやり、何とか足を浸けられるようになった二人の周囲に水を入れて温度を下げてやる。

熱いと騒いだのは最初だけで、体が温まってしまえば二人はすぐに慣れた。

だが、普段よりも熱い湯であることもあって、限界も早い様子だ。

「あーちゃん、もうでる」

「でていーい?」

二人の言葉に、普段からあまり長湯ではない佑太が立ち上がった。

「あーちゃん、まだゆっくりしてて。俺、先に瑞樹とか連れて上がる」

「あ、悪い」

「いいよ。二人とも先に上がって外で待ってようか」

佑太は二人と一緒に湯船を出ると、たらいの中から瑞樹を抱き上げて出口に向かう。

それを見送っていると、たらいの湯を流した健太が湯船に戻ってきて、歩の隣に座った。

「風呂屋って久しぶりだけど、やっぱ気持ちいいわ」

健太がそう言いながら背中を壁に預けて体を伸ばす。

「だなぁ……。まあ、前はスーパー銭湯だったけどな」

継母が仕事に復帰する前、父親が帰ってきた時にはみんなでレジャーを兼ねて行く、というのが定番の娯楽だった時期があった。

最後の記憶は歩が高校三年生の時で、その頃健太はまだ幼稚園だった気がする。

「あの頃はおまえまだ小さかったのになぁ」

「あーちゃん、あの頃は大きかったのになぁ」

そう返してきた健太の頭をとりあえず押さえて、湯の中に水没させてやる。

「ひってぇ！」

慌てて顔を水面に出した健太に、歩はひゃっひゃっひゃっひゃと笑う。

そんな二人の様子に、

「仲がいいねぇ」

そう言って同じ湯船に入ってきたのは、七十近くに見える老人だったが、二の腕あたりから彫り物があった。

「みんな兄弟かい？」

「いえ、先に出ていった大きいのと俺と、こいつまでが兄弟で、あとの小さいのは甥っ子です」

瑞樹は甥っ子ではないが、そこまで詳しくは話さなくてもいいだろうと判断する。

「なるほどな」

「すみません、ちびたちがお騒がせしました」

謝ると、男はいやいやと頭を横に振って笑う。

「いやいや、可愛い子たちだ。あの年なら刺青なんて初めて見ただろうし、そうでなくとも最近じゃ彫り物してると入れねぇところが多いんでなぁ」

「そうですね」

同意をした歩に男は、

「ここは、店主がワシの昔馴染みだってこともあって見逃してくれとるがな。家に風呂もあるが、やっぱりでかい風呂は温まり甲斐があって、たまに若い者を連れてここにな」

と、笑う。

どうやら今日はたまたまその日だったらしい。

「そうなんですか。うちは、今日ちょっと風呂の調子がおかしくて」

歩が言うと、そうかそうか、と頷いて、大きいほうの浴槽に移っていった。

遠慮してくれているのか、その筋と思える方々は歩たちのいる小さな湯船には入ってはこなかったので、しばらく温まったあと、健太と一緒に湯船を出る。

その時に、女風呂のほうに向かって声をかけてみた。

「結佳、まだいるのか？」

男風呂と女風呂は上が繋がっている。とはいえ天井が高いので覗けるような高さではないが、壁の向こうの女風呂の物音や人の声は聞こえてきていた。

「もう上がるところよ」

少しして、結佳の声が返ってきた。

「俺らも、もう出るから。支度できたら外でな」

それに、はいという返事が聞こえて歩は健太と一緒に、貸してもらったたらいを持って脱衣所へと向かったのだが、その途中、不意に健太は歩のうなじを指先で突いた。

「なんだよ」

不可解に思って振り向くと、

「最近、エッチしたろ。マーキングされてる」

面白くなさそうな顔で健太は言った。

「……っ！」

咄嗟に歩は健太に突かれた首筋を手で押さえたが、

「もう遅いっつーの。……この前みたいにみんながいる時に家でとか、もうマジで勘弁だからな」

健太は以前あったことを引き合いに出して、からかうように言ってくる。

「安心しろ、郁ちゃんのマンションでしたやつだから」

「うわー、しゃあしゃあと。聞きたくなかったわ、そんな生々しい証言」

健太は心底いやそうな顔をしてみせる。

ならキスマークくらい見逃しとけよと思うのだが、言葉にはしなかった。

脱衣所に出てくると、先に上がっていた佑太と義哉、章、そして瑞樹は当然着替えを終えていて、義哉と章はコーヒー牛乳を飲んでいた。

「あーちゃん、あとで二百円バックよろしく」

瑞樹を腕に抱いた佑太は請求を忘れない。

了解、と簡単に返して歩は着替えを始めた。


着替えを終え、そろそろ結佳も出てくるだろうしと、義哉と章がコーヒー牛乳を飲み終えるのを待って、男湯組は風呂屋をあとにした。

そして、外で待っているのだが、結佳はなかなか出てこなかった。

「寒ぃなぁ」

「女の身支度に時間かかるっつってても遅すぎねぇか？」

健太と佑太が訝しげな顔をする。

「様子見に行くったって、俺らが女湯覗くわけにいかねぇしな」

考えた結果、歩は男のうちには入らない義哉と章に白羽の矢を立て、女湯の脱衣所に行って結佳を呼んでくるように指示を出した。

それに二人は女湯へと勇んで入っていったのだが——。

「ミイラ取りがミイラになったか？」

五分が過ぎても、誰も出てこなかった。

「ヤべぇ……寒さの震えで石鹸がカタカタ鳴るわ」

「洗い髪が芯まで冷えるっつーの！」

佑太と健太が懐かしい歌の一節を引用しながらぼやく。

ドライヤーを持ってくるのを忘れたためタオルドライしかしていないせいで、確かに頭が冷たい。

とにかく瑞樹に風邪をひかせないように、歩はしっかり抱き込んでやる。

「男湯のほうから番台のおやっさんに早く出てこいって言ってもらってくるか……」

そう言って風呂屋の暖簾を再びくぐろうとした時、カラカラとドアの開く音とともに、

「おせわになりました」

礼儀正しい結佳の声と、パタパタと走る小さな足音が聞こえてきた。

そしてほどなく外に結佳と義哉と章が姿を見せたのだが、結佳の髪は完全に乾ききっていた。

「はぁ⁉　どういうこと？　おまえ、自分だけドライヤー持ってきてたのかよ！」

洗い髪を芯まで冷やしきった健太が半ギレ状態で結佳に言う。

それに結佳は肩の前に落ちてきていた髪を、後ろへと払いながら、

「親切なおばさまが、風邪をひいちゃダメだからって貸してくださったの。ご厚意を無駄にするのも悪くて」

それが何か？　とでもつけ足しそうな様子で返した。

幼いといえども女王の風格を漂わせる結佳にそれ以上の反論はできなかったのか——したところでもう一度脱衣所に戻って待ってくれていればよかったのに、というような正論で撃沈されることは目に見えていて——健太は黙る。

「待たせてしまってごめんなさい」

だがもちろん、結佳とて言いっ放しではない。

一応謝る。

「いや、脱衣所出る前におまえの様子聞かなかった俺らも悪い」

歩はそう言ったあと、そんじゃ帰るかと号令をかけ、家路を急ぐ。

そして歩きかけて少しした頃、結佳は歩を見上げた。

「ねえ、歩ちゃん」

「どうした？」

問い返すと、

「お風呂、うちとやすひとおじさんのところへ順番に入りに行けばよかったんじゃないかしら」

そう言った。

そしてその言葉に、歩だけではなく佑太と健太も目を見開いた。

確かにそうだ。

徒歩五分のマンションに成輝と恭仁の住んでいるマンションがあるのだから、そこの風呂を借りればよかったのだ。

「あー……確かにそうだわ」

「超盲点」

歩と佑太が呟くように言ったあと、

「もうちょっと早く気づけよ、結佳。こっちは義哉と章のおかげで前半、精神的にブリザードな風呂だったんだぜ」

健太が、その筋な方々との出会いを思い出して言う。

それに結佳は少し首を傾げると、

「お風呂がこわれたって聞いた時に、てっきりうちとやすひとおじさんのところに入りに行こうって言うんだと思ってたから、お風呂屋さんって聞いて、すごく意外だったわ」

と返した。

「は？　じゃあ最初っから気づいてたのかよ⁉」

詰め寄る健太に、結佳はしれっと、

「そうよ？」

そう返す。

「だったら言えよ！　なんで黙ってたんだよ！」

健太がそう吠えたが、

「お風呂屋さんって、初めてだったし、おもしろそうだったから」

結佳はあっさり返す。

そしてその言葉に、手を繋いで前を歩いていた義哉と章も振り返り、

「おふろやさん、おもしろかったねー」

「おふろやさん、おもしろかったー」

にっこり笑顔で言ってくる。

——確かにおまえらは楽しかっただろうよ……。

子供の無邪気さのおかげで、笑いをこらえたり、変なことを言い出さないかと心配で、精神的にいろいろと大変だった歩と佑太と健太は、よかったなー、と半ば棒読みで返したのだった。

おわり

あとがき

こんにちは。もう忘れるくらい久しぶりに銭湯通いをしていた松幸（まつゆき）かほです。いやー、大きいお風呂っていいですね。

　まあ、この話は後で詳しく（誰も興味ねぇよ！）と思います。だって今回、あとがきが4ページもあるんですもの。無駄話を書き連ねなければ埋まらない……。


　で！　まずは今回のお話ですが、大家族ものです。そしてちみっこてんこ盛り……。これ、私と担当のN様しか楽しくないんじゃないかと思いながらもウキウキして書かせていただきました。

　だって可愛いんだもん、ちびーずが……。

　おいしいところをさらっていく結佳（ゆいか）とか、不憫体質な健太（けんた）も大好きです。

　大家族ものと言えば個性の強いキャラクターだと思うんですけど、脇キャラが濃くなったせいか、郁（かおる）の影が…薄くないですか？　攻め様なのに！　元モデルで攻め様なのに！

　そして今回の受け、凶暴すぎるっていう……。まあ、主（おも）に繰り出される拳やら足やら関節技やらを受け止めているのは不憫体質の健太ですが、まあ健太は頑丈にできてるから大丈夫（何がだ）。失恋もしたけど、きっと大丈夫だ、健太！　と、無責任に励ましてみる。

　そんな今回のちみっこてんこ盛り祭りの挿絵を描いてくださったのは、北沢（きたざわ）きょう先生です。

　もう…影の薄い郁のイケメンなこと!!　歩（あゆみ）もとてもあんな凶暴な子だとは思えない美人さんで……。瑞樹（みずき）も超可愛い。おむつですよ！　おむつ！　もこもこおむつですよ！　しかも半裸！　ああ、なんて可愛い……。

　そして今回、キャラが多いのでキャラ相関図まで作っていただきまして……。ミニキャラが可愛すぎて本当にどうしようかと。

　もう、なんて言っていいのかわからないくらい、ただただひとえにありがとうございました！


　今回、番外編に銭湯のお話が出てきますが、あとがき冒頭でも書いたとおり、久しぶりに銭湯通いをいたしました。

　実家の風呂場をね、リフォームしたわけですよ。

位置を変えてのリフォームだったので、そこそこ日数がかかりまして、その間、銭湯に通っていたわけです。

昔ながらの、普通の銭湯。

その時の経験と、はるか昔の幼稚園から小学二年生になるまでの間（実家を建て替えていた）の思い出を交えて書いたのが番外編です。

背中に絵を描いたおじさんたちとの交流も実際にありました（父親に連れられて男風呂に入っていたこともあるので……幼稚園の子供ならセーフ、ですよね？）。

弁天様を背負っていたおじさんがいて、綺麗でガン見してたのはいい思い出です。

まあ、父親は気が気ではなかったろうと思いますが（笑）。

多分、義哉（よしや）と章（しょう）はしばらくの間、刺青（いれずみ）ブームがあったと思われます。

再現するために、普通の紙のシールを腕とか背中とかに貼り合いっこをして。瑞樹も多分、意味が分からないうちにお揃いと称して貼られてると思います。

それぞれの父親は、たびたびベッドの中にはがれて落ちているシールだとか、体についたままのシールにしばらく困惑することになったんじゃないかなー。

で、何かの折に「こんなことがあるんだけど」「あ、うちもうちも！」みたいな流れで、歩に心当たりを聞いて、銭湯事件を知る…ということになるんじゃないでしょうか。

あ、番外編でそこまで書けばよかった！　そうすればあとがき４ページも書かずにすんだのに…と今さら気づく（遅っ）。

でも、だらだら書いてるうちに４ページ目の半ばです。

そういえば、どうやら私、デビューして干支（えと）が一周したらしいんですよ。要するに十二年。こんなに長く書かせていただくことができているのも、支えてくださる編集部の皆さまや、友人、家族、そしてやはり読んでくださる皆さまのおかげです。

これからも、少しでも楽しかったと思っていただけるものを書けるように頑張りますので、どうぞよろしくお願いします。

二〇一四年　獣道（けものみち）拡張成功を祈っている十二月初旬　松幸かほ